A Fúria do Cão Negro

Cesar Alcázar

Cesar Alcázar

A Fúria do Cão Negro

Arte & Letra
Curitiba 2014

Ilustração e capa: Frede Tizzot
Revisão: Tiago Cattani

© Arte & Letra 2014
A fúria do Cão Negro © Cesar Alcázar 2014

A349f   Alcázar, Cesar
        A fúria do cão negro / Cesar Alcázar. – Curitiba : Arte & Letra, 2014.
        100 p.

        ISBN 978-85-60499-57-1

    1. Literatura brasileira. 2. Ficção brasileira. I. Título.

                          CDD B869.3

ARTE & LETRA EDITORA
Alameda Presidente Taunay, 130b. Batel.
Curitiba - PR - Brasil / CEP: 80420-180
Fone: (41) 3223-5302
www.arteeletra.com.br - contato@arteeletra.com.br

*As cenas de carnificina que se espalharam por toda parte
eram mais terríveis do que se pode descrever, tanto que sua
simples visão, para nós espectadores, parecia infinitamente
mais angustiante e aterrorizante do que poderia ser para
as partes envolvidas. Do nascer do sol até o entardecer, a
batalha continuou com tal massacre incessante que a maré,
ao regressar, estava pintada de vermelho com o sangue deles.*

A Batalha de Clontarf em
"Uma História Geral da Irlanda",
por Sylvester O'Halloran.

*Invoco hoje todas estas virtudes
Contra todo poder hostil e impiedoso
Que possa assaltar meu corpo e alma.
Contra as encantações dos falsos profetas,
Contra as negras leis do paganismo,
Contra as falsas leis da heresia,
Contra as artes da idolatria,
Contra os feitiços de mulheres, quiromantes e druidas,
Contra todo conhecimento que enlace a alma do homem.*

Oração de Saint Patrick (Saint Patrick's Breastplate)

I
O ladrão e o mercenário

Risos e cantorias embriagadas ecoavam pelo interior da taverna. Protegidos contra o frio da noite, dezenas de homens bebiam alegremente para espantar as agruras do dia a dia. As mesas de madeira encardida estavam cobertas de canecos, jarros e vasilhas com alimentos. O fogo das velas banhava o salão com uma luz trêmula e avermelhada. Uma noite como outra qualquer, na qual camponeses, viajantes e guerreiros procuravam apenas por algumas horas de diversão.

No entanto, nem todos os presentes nesse cenário de alegria possuíam o mesmo espírito. Em um canto pouco iluminado da taverna, dois homens aguardavam por algo ou alguém.

O primeiro deles era bastante jovem e magro, com cerca de vinte anos, pouca idade que até mesmo a barba espessa e clara não conseguia disfarçar. A marca de uma cicatriz recente, sem dúvida provocada pela lâmina de uma adaga ou espada, lhe atravessava a face esquerda. Vestia um *léine* branco simples, feito de linho, e usava uma capa longa de peles que cobria seu corpo inteiro.

O outro homem era grande e sombrio. Seus olhos faiscavam logo abaixo da cabeleira escura. Qualquer pessoa que olhasse para ele poderia dizer que se tratava de um mercenário, do tipo que ronda os lugares frequentados por chefes de clãs em busca de bom pagamento para lutar. Usava uma malha de metal pesada, à moda viking, envolta por peles negras como os homens de Connacht. Carregava a espada na cintura, a bainha presa por um cinturão de couro. Sua figura se assemelhava mais aos lobos selvagens que habitam as charnecas de Erin do que a um ser humano comum.

Poucas palavras eram trocadas entre os dois homens, cuja quietude contrastava com a euforia barulhenta dos demais fregueses. Ainda assim, passavam despercebidos, sem que nenhum camponês embriagado os molestasse.

Expressões de preocupação estampavam o rosto do jovem. Foi ele que, após um longo gole de cerveja, começou a falar:

— Fico pensando se não seria o momento de desistirmos dessa loucura. Talvez o desgraçado sequer apareça por aqui.

— Brógan foi bem claro. O canalha virá até aqui para negociar. Aradh é importante para ele — respondeu com segurança o mercenário.

— Mas, mesmo se ele vier, estará com seus homens. E poderão ser muitos!

— Não importa. O maldito deve morrer pelo que fez.

Houve um silêncio breve e nervoso entre os ocupantes da mesa. Logo, o homem sombrio vestido de negro continuou:

— Faltam dois, Seán.

— Sim, e eu prometi ajudar — concluiu o jovem.

Seán abaixou a cabeça e fixou o olhar na caneca de cerveja que, em outra ocasião, estaria lhe proporcionando enorme prazer. Parecia poder sentir o toque gelado da morte pairando acima da acolhedora taverna. A morte, ávida e sedutora, fora sua companheira inseparável nas últimas semanas. Longos dias em que abraçara aquele sangrento rastro de ódio ao lado do mercenário.

Tanta violência poderia ter apenas um resultado: mais violência. Seán não se acostumara com ela. Vivia de pequenos roubos, e se considerava um especialista na arte da sutileza. Sempre preferiu um golpe de inteligência a um golpe de adaga. Quase nunca precisava lutar, entretanto, nas ocasiões em que isso se fazia inevitável, lutava com bravura.

Já o homem com o qual compartilhava a mesa era diferente; sangue e morte estavam ligados a ele de forma intrínseca.

II
Ultan

Senhor de Uaithne, criador de gado e responsável por capturar os criminosos para a grande fogueira. Por toda a região de Thomond, Ultan mac Calahane era conhecido — e temido — por ser um homem poderoso e cruel, além de um cristão exemplar. Passava dos cinquenta anos de idade. A barba longa e forcada branqueava sobre o peito estufado. Apesar da existência longeva, ainda possuía a força de um touro, o que provocava inveja até mesmo nos guerreiros mais jovens.

Homens duros como Ultan governavam Erin desde que a morte do Rei Supremo Brian Boru, na Batalha de Clontarf, mergulhara a terra em lutas fratricidas, pois cada chefe de tribo, cada pequeno rei, começou a ambicionar o maior dos tronos. Entre as tribos de Thomond, situada no norte do Reino de Munster, não ocorreu algo diferente.

Na era de Cennétig, pai de Brian, Thomond fora um reino independente. Tempos depois, após os dalcassianos tomarem o poder de Munster, a região tornou-se mais uma parte desse reino. Em Clontarf, tombaram Brian e seus herdeiros próximos, deixando seus filhos sobreviventes em luta constante. Os clãs remanescentes de Thomond, então, viram uma oportunidade de retomar a glória passada.

Ultan de Uaithne despontou como o chefe mais forte, porém, Loingsigh de Tuireadh, o único chefe de clã capaz de rivalizar com ele, o seguia de perto. Ao longo dos anos, várias escaramuças entre os dois líderes não deram a vitória para nenhum dos lados. Esse cenário veio a mudar.

Quando a Peste Rubra atingiu as plantações e os animais, Ultan, com braço de ferro, foi o único a conseguir contornar a situação. Jamais alguém vira uma calamidade como aquela de leste a oeste de Erin. O flagelo começou no início do outono. Por toda Thomond lavouras morreram, atacadas por uma praga estranha que deixava as plantas com a cor viva do sangue. Logo, o gado começou a definhar. Apenas o rebanho de Ultan ficou intocado, como por milagre.

Com o inverno veio a fome; e o povo desesperado suplicou aos céus por ajuda. Foram meses de miséria extrema e desgraça. A tragédia não constituiu nada pior porque Ultan ofereceu leite e carne para a população, em troca do trabalho deles por tempo indeterminado. Os camponeses passaram a considerar Ultan mac Calahane um herói escolhido por Deus. Lorcain, padre de Uaithne, incentivava essa ideia com veemência.

Ultan aproveitou o enfraquecimento dos outros clãs para investir seu exército contra Loingsigh. Sem maior esforço, Ultan trouxe para casa a cabeça do inimigo espetada em uma lança, tornando-se o soberano de toda a região, com chances de criar o próprio reino, ou até mesmo tomar para si o Reino de Munster.

O sol voltou a brilhar no céu de Thomond, renovando as esperanças para as novas plantações e para a criação de animais. Contudo, os camponeses não podiam correr o risco de ver seu trabalho ser destruído outra vez, sobretudo agora que teriam também de pagar a Ultan pelo auxílio daquele inverno, e foram até o padre Lorcain em busca de conselhos.

Lorcain lhes contou que a desgraça havia sido um sinal da ira de Deus. O mal estava por toda a parte e deveria ser erradicado, para que o Senhor voltasse a sorrir e trazer boas colheitas para o povo. Os criminosos e os pecadores eram os responsáveis pela praga, disse o padre. Eles deveriam ser capturados para que o fogo os purificasse, livrando a terra do castigo de Deus.

Ladrões, prostitutas, loucos e qualquer pessoa que se opôs foram caçados como bestas por Ultan e seus homens. O destino escolhido para os proscritos vinha, por ironia, de um longínquo passado celta: o homem de palha. Um gigante de madeira, que, segundo as lendas, costumava ser incendiado com homens vivos no seu interior. E assim aconteceu. Dezoito pessoas perderam a vida nas chamas para aplacar a fúria de Deus.

Todavia, Ultan mac Calahane e o padre Lorcain não deveriam ter enviado uma daquelas pessoas para a fogueira.

III
Quatro cabeças

Os dois homens no canto escuro da taverna impacientavam-se. As horas corriam da mesma forma que grãos de areia escorregam entre os dedos. Estavam cansados daquele lugar quando a espera terminou.

Mesmo com a atmosfera barulhenta, o mercenário pôde ouvir o som da aproximação de cavalos e carroças. Ultan mac Calahane estava chegando!

Seán sentiu um arrepio percorrer a espinha no que ouviu a porta se abrir. Ante seus olhos preocupados, Ultan entrou no salão seguido pela escolta: dez homens de aparência pouco amigável, todos portando espadas e escudos. O senhor de Uaithne foi saudado por vários dos frequentadores da casa, pois era uma figura conhecida no vilarejo, e os criadores de gado locais, homens livres ou pertencentes ao clã Dal Cairbre, aguardavam com muita ansiedade suas visitas a negócios.

O homem corpulento e sorridente atravessou o salão, rindo alto das brincadeiras dos conhecidos. Diante do velho *briugu*[1], cuja face transbordava felicidade em meio às inclementes marcas do tempo,

---

[1] Na Irlanda medieval, era um indivíduo apontado pelo líder local para oferecer hospitalidade.

pediu que este servisse hidromel para ele e cerveja para a escolta.

— Ultan mac Calahane! — soou o grito que rasgou o ar e silenciou o outrora animado salão.

Ultan continuava a sorrir quando se voltou para encarar o homem que o chamara de forma tão desrespeitosa. Seus olhos então caíram sobre uma figura alta e escura de pé diante da entrada da taverna. Sem demora pôde perceber que aquele homem buscava problemas.

— Eu sou Ultan, forasteiro. E espero que você tenha um bom motivo para me perturbar desse modo!

— Estou aqui para matá-lo. Será que esse motivo é bom o suficiente?

Os homens da escolta pousaram as mãos nas espadas e permaneceram em alerta. O seu senhor, por outro lado, ergueu a mão para acalmá-los e deu uma gargalhada. A ousadia do homem de preto o divertia. Ninguém jamais ousaria desafiá-lo desse modo se não fosse louco. Embora não levasse a ameaça a sério, Ultan decidiu entrar no jogo do forasteiro. Seria uma diversão a mais para os soldados e os frequentadores da taverna.

— Admito que você tem coragem, verme. Mas o que um homem sozinho pode fazer contra minha escolta e eu?

— Ele não está sozinho! — disse Seán, colocando-se ao lado do companheiro.

— Continuo pouco impressionado — respondeu Ultan, irônico. — Quem são vocês, afinal? Por acaso são aliados daquele cretino Loingsigh, que o Diabo carregou para o inferno?

— Meu nome é Anrath. E você irá pagar pelo que fez a Grainne! — explodiu o mercenário.

No mesmo instante, o semblante de Ultan e dos soldados mudou. A simples pronúncia daquele nome era capaz de encher de terror o mais bravo dos guerreiros. Um dos homens de Ultan sussurrou amedrontado para o soldado de trás:

— É o Cão Negro de Clontarf!

— Por acaso aquela prostituta pertencia a você? — indagou Ultan. O tom do homem alterara de maneira drástica. Agora falava com sua autoridade de chefe de clã.

— Grainne não pertencia a ninguém.

— Então qual é o seu motivo para essa afronta? Qual o motivo para querer me matar?

— Ela nunca fez mal para qualquer pessoa. Você e o maldito padre Lorcain não tinham o direito de fazer o que fizeram.

— Eu tenho o direito de fazer o que bem entender! Sou o Senhor de Uaithne e, para mim, uma feiticeira fajuta como a sua amiga vale menos do que as fezes do meu rebanho.

— Por isso você vai morrer! Gritando e vomitando sangue como os seus homens, Sethor, Neill, Cormac e Brian!

Ao mesmo tempo em que proferia sua ameaça, Anrath colocou a mão dentro de um saco que estava sob a mesa e dele tirou as cabeças cortadas dos subordinados de Ultan. Os presentes ficaram estupefatos e assistiram ao mercenário jogar os terríveis troféus aos pés do Senhor de Uaithne, que vociferou:

— Cão desgraçado!

O agudo ruído metálico do desembainhar de espadas encheu a sala com seu prenúncio de morte. Ultan riu, seguro de que os dois forasteiros se encontravam em absurda desvantagem numérica.

No entanto, para Anrath, o homem que derrubara cem inimigos na Batalha de Clontarf, dez soldados não representavam grande ameaça.

Em seguida, dois homens de Ultan atacaram o mercenário com toda a fúria que possuíam. As espadas brilharam à luz das velas, como metais incandescentes. Com a frieza típica dos combatentes calejados, Anrath desviou dos golpes e realizou seu ataque. Os dois homens tombaram abertos do peito até a cintura pela lâmina precisa do cão de guerra.

— Vamos, homens! Matem esse maldito! — ordenou Ultan.

Atendendo de imediato ao chamado do mestre, os oito soldados remanescentes atiraram-se de encontro a Seán e o mercenário. Em instantes, o chão da taverna estava transformado em um verdadeiro rio de sangue. A ferocidade de Anrath não encontrava adversário à altura. Ceifava vidas como o camponês trespassa as plantações com a foice.

Os frequentadores do lugar, atônitos e amedrontados, nada podiam além de observar a luta. Sentiam como se os velhos guerreiros do *Red Branch*[2] estivessem de volta à vida.

Seán não possuía experiência em batalhas, mas podia lutar se necessário. Como acontece com todo bom ladrão, nem sempre lhe era possível escapar de uma briga. Dominava o manuseio da adaga, preterindo a espada. Essa habilidade apresentava algumas desvantagens, pois em confrontos como o que se desenrolava, era aconselhável manter boa distância do oponente, o que o uso da faca impossibilita.

Em Anrath conviviam a bravura dos grandes guerreiros e a precisão dos combatentes veteranos. Na lendária Batalha de Clontarf, recebera a alcunha de Cão Negro, além da duradoura reputação mortal que o precedia onde fosse. Naquela ocasião, cinquenta homens tombaram sob sua mão direita, outros cinquenta sob a mão esquerda. Um mar de corpos estendidos pelo chão.

Ultan observava seus homens serem abatidos como gado pelos dois forasteiros. Exibia o semblante de quem não acreditava no que via: soldados expe-

---

2 Trad. "Ramo Vermelho", ordem mitológica de guerreiros descrita no Ciclo de Ulster.

rientes e de confiança perdiam a vida de modo bárbaro no meio de um salão qualquer.

O último integrante da escolta caiu de joelhos com um ferimento grave. Entre soluços, implorou por piedade. A única piedade que teve foi a de uma morte rápida. Anrath limpou o sangue da espada na capa do inimigo morto.

O silêncio no salão era palpável. Os fregueses amontoavam-se aterrorizados pelos cantos. O grande Senhor de Uaithne permaneceu impassível enquanto o mercenário se aproximava, seu olhar duro como uma rocha.

— Devo admitir que você é um guerreiro e tanto! — exclamou Ultan. — Exterminou minha escolta!

Anrath empunhou a espada e apontou-a para mac Calahane.

— Agora é a sua vez de morrer!

— Sou um homem rico, Anrath! E poderoso. Um guerreiro como você seria de muita serventia para meus negócios. O que acha? Você não deseja ser rico também?

O velho tirou algumas moedas de ouro de sua capa e as jogou aos pés de Anrath. O metal brilhou em meio ao sangue vermelho. Olhos gananciosos cintilaram por toda a taverna. No entanto, o mercenário sequer deu atenção para a oferta.

— Estou interessado apenas em sangue.

— Pois isso não será tão fácil de conseguir!

Ultan jogou-se com fúria para Anrath, desferindo golpes de espada pesados. Tinha agilidade e força excepcionais para um homem de tanta idade. O mercenário recuou ante o ataque surpreendente. Ultan mac Calahane agia como um homem possuído. Seán fez menção de ajudar, mas um gesto de Anrath o impediu.

O clamor do choque de metal contra metal retumbava ensurdecedor. Não havia dúvidas quanto à superioridade de Anrath em combate. Todavia, se o ódio domina um homem, a clareza de seus pensamentos e suas ações é prejudicada. Calculando mal uma defesa, o mercenário recebeu um ferimento no antebraço, e um esguicho de seu próprio sangue misturou-se ao sangue já derramado.

O ferimento infligido deu ainda mais força para Ultan, que seguiu desferindo golpes implacáveis. Os olhos do velho eram dois orbes flamejantes de ira. Sua lâmina procurava com avidez pela carne do adversário. Corpos pelo chão dificultavam a movimentação dos contendores. Qualquer descuido poderia ser fatal.

Anrath procurou clarear os pensamentos, não podia permitir que o ardor da vingança prejudicasse sua habilidade. O rosto de Grainne não deixava sua mente.

Percebendo a aflição do inimigo, Ultan sorriu em triunfo e preparou-se para o último golpe.

A expressão arrogante do Senhor de Uaithne trouxe Anrath de volta à realidade, e este colocou toda a sua força e fúria em um ataque cego e suicida. Ultan tombou sobre os joelhos, partido da clavícula até o esterno. Uma cascata de sangue jorrando de seu peito.

Todos os presentes na taverna fitaram estarrecidos o cadáver do homem que era como um rei estendido no chão sujo. Seán e Anrath olharam à volta, procurando alguma tentativa de retaliação. Como os espectadores do massacre permaneceram imóveis, eles andaram a passos largos na direção da porta de entrada.

Os dois guerreiros deixaram vitoriosos a taverna. Sem olhar para trás, montaram os cavalos e saíram em disparada à luz da lua que adornava o manto negro da noite. O choque dos cascos com o solo provocava verdadeiros trovões que ecoavam através dos campos.

Em meio à intensa cavalgada, Seán questionava a própria sanidade.

IV
Fé

— E agora, Anrath, o que faremos?

— Iremos atrás de Lorcain!

— Depois do que aconteceu aqui, estarão nos esperando!

— Não estou preocupado com isso... Podemos alcançá-lo antes que as notícias o alcancem.

— Desde o início, a ideia de matar um padre não me pareceu muito boa.

— Ele é só mais um homem com as mãos sujas de sangue, Seán. Não possui nada de mais sagrado ou menos sagrado do que eu e você.

Muitos séculos vieram e partiram desde que Saint Patrick ensinara aos irlandeses as palavras de Cristo, usando as folhas do trevo para explicar a santíssima trindade, o Pai, o Filho e o Espírito Santo. Três entidades que eram na verdade uma só. Não foi difícil para os antigos celtas que habitavam a ilha entenderem esse conceito, pois eles mesmos adoravam a Deusa Tríplice: *Badb*, *Macha* e *Morrígan*.

Erin jamais esqueceu as suas raízes, mesmo com a mudança de religião. Poucos povos tinham tanto apreço à própria história. Os heróis do passado, como Cúchulainn e seu espasmo de fúria, continuavam vivos na memória do povo. Contudo, a chegada da cruz demonizou os velhos deuses e transformou os heróis em lendas para divertir crianças. Quem tentasse rejeitar a pretensa verdade de Cristo era rejeitado. Grainne não passara de mais uma vítima.

Enquanto galopavam como centauros pelo campo, Anrath comemorava em silêncio a morte de Ultan. Restava um homem na sua lista mortal: o padre Lorcain. Por pouco tempo. Seis foram os responsáveis pela morte de Grainne, cinco deles já haviam encontrado seu fim sob a lâmina do implacável guerreiro. Embora Ultan fosse a mão que golpeara Grainne, de Lorcain havia sido o pensamento por trás da farsa maligna perpetrada contra o povo.

Anrath conhecera todo o tipo de dor em sua existência, tanto as físicas quanto as da alma. A maior delas continuava a afligir seu peito. O vento da noite que sentia no rosto vinha carregado de lembranças. A trilha de sangue que começara com um sonho, semanas antes, estava prestes a acabar.

V
Sombras de Clontarf

Sangue pingava das árvores. Uma dezena de corpos jazia pelo chão. Um único homem daquele bando de guerreiros do norte permanecia de pé. Cercado pelo inimigo, Brodir não tinha esperanças.

A batalha durara um dia inteiro. Dez mil homens tombaram ante as espadas, machados e lanças. Massacrados, os nórdicos espalharam-se em grupos pela floresta. Perseguindo-os implacavelmente, os heroicos irlandeses seguidores do Rei Supremo Brian Boru não estavam saciados. Contudo, o destino reservara uma última dádiva para Brodir, o viking da Ilha de Man. Fugindo da morte certa, ele e seus homens encontraram por acidente a tenda do Rei Brian, guardada por não mais de quinze soldados.

Os vikings romperam o muro de escudos formado pelos guardas e avançaram na direção do rei. Brodir decapitou-o com um golpe de espada. Essa sorte não duraria muito. A notícia da morte do rei chegou aos ouvidos de seu irmão, um guerreiro selvagem que atendia pela alcunha de *o Brigão*. Em pouco tempo, esse gigante irlandês conseguiu rastrear o bando de Brodir. Todos foram mortos de imediato, exceto pelo próprio líder, para o qual *o Brigão* reservara um fim hediondo. A barriga de Brodir foi aberta e suas entranhas amarradas em um tronco de árvore. O viking morreu apenas depois que todas as suas vísceras haviam sido retiradas do corpo.

Um guerreiro jovem e soturno, também participante da batalha, assistia a tudo por trás de arbustos, temeroso de que sua movimentação alertasse os inimigos. Apesar da aparência gaélica, ele se vestia como os vikings e carregava o mesmo armamento que eles. Um movimento descuidado denunciou sua posição. Em seguida, os irlandeses o cercaram.

— Qual é o seu nome, jovem? — perguntou o gigante usando o idioma dos inimigos.

— Anrath mac Muir.

— Então você é irlandês?

— De Connacht.

— Como pode andar com essa escória nórdica? Como pôde virar as costas para o seu povo?

— Meu povo virou as costas para mim antes.

— Sabe quem eu sou?

— Você é aquele a quem chamam de Wolf, *o Brigão*.

— E sabe o que vou fazer?

— Você vai me matar...

Anrath acordou abruptamente. Não era a primeira vez que sonhava com cenas que presenciara antes, durante e depois da grande batalha em Clontarf. Não seria a última. Os primeiros raios de sol se pronunciavam no horizonte, hora de seguir viagem. Fantasmas do passado não o incomodariam de novo. Pelo menos até que a noite retornasse para cobrir o mundo de trevas mais uma vez.

Negra fora a madrugada, frio era o chão sobre o qual deitara. Um homem como ele, mercenário, pirata e saqueador, não poderia ambicionar por melhor. Em um lar o veterano de Clontarf sentia-se bem-vindo e, naquele momento, rumava para ele. As belas paisagens da região de Thomond não alegravam seus olhos. No entanto, as agruras da vida se tornariam mais amenas no instante em que desfrutasse da hospitalidade de Grainne, a feiticeira, a bela mulher de cabelos vermelhos.

Os últimos meses haviam sido movimentados para o guerreiro da costa oeste de Erin. Como membro do exército de Niall mac Eochada, Rei de Ulaid, participara da invasão a Dublin, cujo soberano nórdico, Sigtrygg Silkbeard, era um velho inimigo de

Eochada. Anrath pensava na ironia de tudo aquilo, pois dez anos antes, lutara junto dos vikings em Clontarf. Mas nem mesmo a guerra, nem mesmo a excitação da pilhagem, são capazes de manter aquecido o coração de um homem.

Cavalgando através de cenários verdejantes, o guerreiro lembrava-se dos bons momentos que tivera ao lado de Grainne. Ela salvara sua vida quando o encontrou ferido após a Batalha de Carham. Anrath lutara como mercenário de Huctred, da Nortúmbria, em oposição ao rei Máel Coluim II, da Escócia. Mais uma das tantas batalhas perdidas em sua vida.

Logo, a feiticeira percebeu que se tratava de um jovem diferente da maioria das pessoas, pois ele não a temia. O guerreiro, por sua vez, ficou arrebatado pela sabedoria e pela beleza sedutora da mulher. Porém, devido a segredos arcanos, Grainne jurara nunca se entregar a um homem. Mulheres invejosas das aldeias diziam que ela era casada com o Diabo. O guerreiro conformou-se em não tê-la como amante.

Pouco depois, Grainne deixou a Nortúmbria junto com Anrath, que construiu uma casa para ela no alto das belíssimas Falésias de Moher, na região de Thomond. A feiticeira jamais compreendera por que Anrath retornara a Erin. O próprio mercenário não saberia dizer a resposta.

Muitas vezes eles se encontraram no decorrer dos anos que passaram. Dois excluídos, ela por suas crenças e práticas, ele por viver entre dois mundos sem pertencer a nenhum. Temido pelos vikings, odiado pelos gaélicos, Anrath era uma sombra que cavalgava em busca de aventura e prata. Entre batalhas intermináveis e momentos de horror, ele encontrava um pouco de tranquilidade na companhia de Grainne.

VI
Um ladrão

Perdido em pensamentos, o guerreiro mal percebeu o correr do tempo. Passava do meio-dia quando chegou ao pequeno rio onde sempre fazia uma parada para descansar e alimentar o cavalo. Desmontou e conduziu o animal até a beira da água. O uivo dos ventos outonais quebrava o silêncio no início de tarde nebuloso. Enquanto o cavalo saciava a sede no riacho, Anrath observava a paisagem, distraído. De súbito, avistou algo estranho entre os arbustos na outra margem. Aproximou-se para olhar melhor e viu tratar-se de um corpo.

Sem hesitar, o guerreiro atravessou o estreito córrego e chegou até a pessoa caída sobre a areia, que tinha metade do corpo encoberto pela água e o rosto virado para o chão. O corpo era de um homem jovem, que vestia roupas de camponês e carregava nas costas uma pequena harpa triangular, conhecida como *cruit*.

Anrath percebeu que o camponês respirava e levou a mão ao ombro dele com o intuito de virá-lo. O movimento brusco do rapaz que julgara desacordado surpreendeu Anrath, que foi golpeado com força na têmpora. Ele caiu para o lado, desorientado, e viu o jovem saltar como um gato selvagem, correndo na direção do cavalo.

O mercenário levantou-se tão rápido quanto pôde ao mesmo tempo em que o jovem montava o cavalo. O animal ficou inquieto e se ergueu nas patas traseiras. Ele saltava com violência, desequilibrando o ladrão. Um assobio de Anrath deixou o cavalo ainda mais furioso, o que acabou derrubando o trapaceiro.

— Não se aproxime de mim! — disse o larápio juvenil, pondo-se de pé — Só quero o cavalo.

— Não posso dá-lo a você. Preciso desse animal — respondeu o mercenário, desembainhando a espada.

O rapaz fingiu desfalecer e, assim que Anrath baixou a guarda, levantou correndo e tentou subir no cavalo outra vez. Anrath não perdeu tempo, correu até o ladrão, puxou-o pela gola e derrubou-o com um soco.

O poder do golpe deixou o ladrão inconsciente. A juventude do criminoso surpreendeu o mercenário. Ele não dava ares de ter mais de vinte anos. A harpa que trazia nas costas havia se despedaçado na escaramuça. Anrath estava pronto para deixar aquela ocorrência estranha para trás quando percebeu uma grande movimentação.

Ao longe, apareceram seis cavaleiros seguidos por uma carroça. O grupo se aproximava de Anrath com rapidez e, em curto espaço de tempo, cobriu a distância que os separava. A carroça carregava uma espécie de jaula construída com toras finas de madeira crua. Dentro dela, seis pessoas de expressão desolada eram mantidas a ferros. Quatro dos homens a cavalo empunhavam machados de guerra dalcassianos e escudos. Os outros dois traziam espadas e vestiam capas longas e esvoaçantes. Um desses cavaleiros, que seguia à frente do bando, deixou a carroça para trás e se dirigiu ao mercenário.

— Amigo, o que está acontecendo? — perguntou o sujeito, que aparentava ser o líder do grupo. Ele era gordo e calvo, porém não muito velho, com a barba começando a ficar grisalha.

— Esse miserável tentou roubar meu cavalo — respondeu o mercenário, apontando para o jovem imóvel aos seus pés.

O homem calvo desmontou e virou o rosto do ladrão para cima. Sangue escorria do supercílio partido e ensopava a barba clara do jovem.

— Ele não me é estranho... Já deve ter aprontado alguma! Bom, pode deixá-lo conosco! Ele vai nos servir.

— Quem são vocês?

— Meu nome é Brógan, e aquele lá atrás é Conn.

Trabalhamos para Ultan mac Calahane, Senhor de Uaithne, e para o padre Lorcain. E você, forasteiro, como se chama?

— Muir — disse Anrath.

Brógan balançou a cabeça como se o nome não lhe dissesse nada. Logo, sinalizou para que Conn viesse até ele, no que foi acompanhado por um dos soldados. Anrath olhou para os prisioneiros sujos e maltrapilhos, amontoados na enorme gaiola de madeira sobre a carroça. Depois, voltou o olhar para Brógan e perguntou:

— Há alguma razão em especial para prender toda aquela gente?

— Você não ouviu falar da grande Peste Rubra, que começou há quatro estações?

— Sim. Ouvi algo a respeito, mesmo estando no leste.

— Foi horrível! — exclamou Brógan — As plantações e o rebanho de Ultan ficaram intocados, ao contrário de todo o resto! Obra do demônio, sem dúvida. Lorcain acha que os culpados pela praga são os pecadores. Por isso, estamos prendendo ladrões, loucos e algumas prostitutas.

— Algumas prostitutas?

— Só as que causam problemas — disse Brógan com uma risada de escárnio.

Anrath observou o rapaz enquanto Conn e um soldado colocavam-no dentro da carroça, ainda desacordado. Mesmo assim, suas mãos e pés foram amarrados.

— O que farão com ele? — Anrath questionou Conn.

— Vamos levar esse ladrãozinho para ser queimado no homem de palha junto com os outros vagabundos! — um sorriso sinistro adornava o rosto do homem.

— Homem de palha? Isso é uma lenda do tempo dos druidas! — respondeu surpreso o mercenário. — Pensei que vocês fossem cristãos.

Brógan apressou-se em responder:

— Nós somos devotos de Nosso Senhor Jesus Cristo. A princípio, Lorcain não gostou muito da ideia de construir um homem de palha. Mas Ultan achou que seria uma boa oportunidade de demonstrar seu poder com uma fogueira enorme em forma de gente. O padre acabou concordando. *Já que o fogo purifica a alma pecadora*, ele disse, *o formato da fogueira não interessa.*

— Mas, isso está correto? Os criminosos não devem pagar multas ou ser vendidos como escravos? Que eu saiba, a execução é um último recurso segundo as Leis Brehon[3].

— A única lei que interessa por aqui é a lei de Ultan, forasteiro — Brógan disse, perdendo a paciência.

— O que é aquilo ali no chão? — interrompeu Conn, que apontava para algo.

---

[3] As Leis Brehon eram os estatutos que governavam a vida diária e política na Irlanda gaélica até a invasão normanda de 1171 AD.

— Parece uma harpa. Está quebrada.

Os homens zombaram às gargalhadas.

— Será que o ladrãozinho é um bardo ou a harpa é roubada?

VII
O velho

Anrath seguiu seu caminho e a carroça com os pobres condenados ficou para trás. Devido à confusão toda, dera de beber ao cavalo, no entanto, esquecera de encher o odre com água. Além do cansaço da viagem, sentia a cabeça latejar, devido ao golpe que recebera na luta com o ladrão. Precisava descansar um pouco, pois a casa de Grainne ainda estava distante.

A sorte sorriu para ele com o surgimento no horizonte da silhueta de um casebre. Talvez pudesse conseguir água e comida lá, se os proprietários fossem hospitaleiros. Acelerou o passo da montaria e se dirigiu para a casa.

Quando chegou, não viu movimento algum. O lugar, à primeira vista, aparentava abandono. A palha do teto precisava ser trocada, assim como a necessidade de outros reparos se fazia notar. Anrath desmontou. No mínimo, poderia descansar em um local abrigado. Entrou sem aviso e foi surpreendido por uma voz:

— Seán, é você?

Um homem bastante idoso saiu de um canto escuro. Seus olhos eram tão brancos quanto a barba longa que adornava sua face. Apoiava-se em um pedaço de madeira e, com a mão livre, tateava o ar.

— Não, senhor. Desculpe-me, pensei que a casa estivesse desabitada e fui entrando — Anrath tentou se justificar.

— Meu filho não está em casa. O que você quer?

— Sou um viajante. Pensei em conseguir água e descansar um pouco. Não desejo incomodar.

— Água? Tenho água, mas não posso dar muito, não sei quando Seán voltará.

O velho andou até a cozinha com passos cuidadosos. Destampou uma vasilha e acenou para Anrath.

— Aqui está. Pode pegar um pouco.

— Um pouco já basta. Obrigado.

Anrath mergulhou o odre na água, mas não deixou que ficasse cheio. Pelo que o velho disse, parecia provável que o filho deixava apenas mantimentos suficientes para que o pai vivesse durante sua ausência. O interior da casa não apresentava o descaso da fachada, portanto, não deveria ser um filho de todo ausente. Mesmo assim, não podia arriscar a deixar o pobre homem sem água.

— Rapaz — o velho falou com a voz fraca —, por acaso você não viu meu filho pelo caminho? Sou cego, como você deve ter notado, e toda vez que ele viaja, tenho medo que nunca volte. Certa vez, Seán ficou sete noites sem aparecer, minha comida quase acabou. Disse que estava cantando na cidade. Pelo menos trouxe dinheiro.

— Como ele é?

— Seán? Completou vinte anos há pouco tempo. Se o cabelo dele não mudou de cor desde que fiquei cego — o velho riu — ele é bem claro, a mãe dele tinha sangue nórdico. Acho que está usando barba agora. Ah, você não tem como confundi-lo, ele é um bardo, como eu fui, e anda sempre com uma harpa a tiracolo.

VIII
Seán

O trote violento do cavalo arrancava do solo nacos enormes de terra e grama. Desesperado, Anrath buscava alcançar o rastro da carroça de prisioneiros. Ao ouvir a descrição fornecida pelo velho, sentiu o coração disparar dentro do peito. O filho do bardo cego era o ladrão que tentara roubar seu cavalo poucos momentos antes. Mentiu que não havia visto o jovem e se despediu em seguida, agradecendo pela água.

Embora não concordasse com a caçada promovida pelo Senhor de Uaithne, preferiu não interferir na coleta de criminosos para um sacrifício tão bárbaro. Os problemas que possuía lhe eram suficientes, não precisava de um inimigo do porte de Ultan. De nada adiantou: mais uma vez, os problemas o procuraram. Não podia deixar que matassem Seán, ou o pobre velho estaria perdido. Anrath experimentou um arrepio na espinha ao imaginar o desespero do cego após dias e dias esperando seu filho e provedor retornar.

Encontrou o rastro perto do córrego onde fora surpreendido por Seán. Sem perder tempo, estalou as rédeas e seguiu adiante. Tinha boas chances de encontrá-los. Uma carroça de bois como a que usavam andava vagarosamente.

O cavalo dava sinais de esgotamento quando Anrath divisou a carroça a distância. Diminuiu um pouco o ritmo, pois viu que os alcançaria a tempo, mas continuou firme. O animal resfolegava, pedindo descanso, no momento em que cruzou o caminho da pequena procissão de condenados.

— Parem a carroça! — ordenou Anrath, colocando-se na frente dos homens. Brógan ergueu a mão, sinalizando para os companheiros. Com um puxão abrupto nas rédeas, o condutor interrompeu o avanço dos bois. Ao ver o guerreiro, Seán levantou, surpreso.

— Você outra vez, forasteiro! O que pensa que está fazendo? — Brógan perguntou em tom ameaçador.

— Quero falar com aquele jovem ali — falou apontando para Seán, que pareceu ainda mais confuso. — Qual é seu nome?

— Seán.

— O que você quer com o ladrãozinho, seu idiota? — Brógan questionou aos gritos e colocou seu cavalo entre a carroça e Anrath.

— Quero comprar a liberdade dele.

Os homens caíram em gargalhadas, como se tivessem acabado de ouvir uma piada. Anrath permaneceu impassível.

Enxugando as lágrimas de riso, Brógan falou:

— A vida dele, você quer dizer. E isso deve ter um valor maior do que a liberdade, sabe como é...

— Que seja! — Anrath puxou o saco de couro onde guardava seu dinheiro. — Aqui estão duas moedas de prata cunhadas em Dublin.

— Pensando bem, acho que ele vale mais. Veja, estamos falando de um criminoso que será executado para acalmar a ira de Deus, como disse o padre Lorcain. Se eu tiver que irritar Deus, terá que ser por muito mais do que duas moedas de prata. Sem falar nos meus companheiros aqui.

Os homens riram outra vez. Anrath guardou as moedas e, contrariado, jogou o saco inteiro para Brógan. Os risos cessaram.

— Tem o bastante aí para vocês todos.

— Está falando sério? — Brógan não acreditava no que via.

O silêncio e a expressão resoluta de Anrath serviram como resposta.

— Você é mais idiota do que imaginei. Bem, o problema é seu — concluiu Brógan, para em seguida ordenar — Pode deixar o ladrãozinho descer!

O condutor da carroça abriu a portinhola da jaula de madeira e entrou. Logo, cortou as cordas que restringiam mãos e pés de Seán. Exibindo um sorriso imenso na face, o rapaz saltou para a liberdade. Os outros prisioneiros se agitaram, recebendo do condutor uma reprimenda na forma de tapas e pontapés.

Anrath chegou bem perto de Brógan e desferiu um soco antes que qualquer um pudesse intervir. Brógan foi jogado para o chão com o impacto no rosto.

— Acabei de comprar seu cavalo também. Seán, monte!

Seán correu e montou o mais rápido que pôde.

Antes de partir, Anrath olhou para os outros prisioneiros, cujas faces clamavam por libertação, e a melancolia tomou conta de seu peito. O que poderia fazer? Por acaso era algum herói errante como os personagens das lendas? Depois, desviou o olhar para os homens de Ultan, que, um tanto atordoados, seguravam a empunhadura das espadas em ameaça. Brógan, a mão pousada em cima do olho ferido, levantou-se com dificuldade e disse:

— Você vai pagar por isso! E não vai ser com dinheiro.

O guerreiro conhecido como Cão Negro apontou o dedo para ele e sentenciou:

— Se vierem atrás de mim, malditos, eu mato todos vocês!

IX
Dragões

Os animais marchavam em um galope suave. Os cavaleiros mantiveram-se calados até que houvesse uma boa distância entre eles e os soldados de Ultan. Anrath, taciturno por natureza, desejava tão somente levar Seán de volta para o pai e acabar com a confusão de uma vez. Não tinha vontade de falar. Para seu desgosto, Seán quebrou o silêncio:

— Muito obrigado, meu amigo! Lamento por ter tentado roubar seu cavalo essa tarde. Agora vejo que você é um bom homem. Mas, continuo sem entender por que fez isso.

— Não me agradeça. Se eu não tivesse encontrado o seu pai por acidente, você estaria a caminho da fogueira.

— Ah, meu pai... Se eu morresse, o que seria dele? Coitado, não tem mais ninguém neste mundo além de mim.

— Foi o que pensei.

— Tive sorte de você passar por lá. Ele deveria estar preocupado e perguntou por mim. Meu pai pode estar imprestável agora, mas já esteve a serviço de um rei, sabia?

— E por que ele vive hoje na pobreza e com um filho ladrão?

— Sou ladrão porque é mais divertido roubar do que lavrar a terra ou criar animais. E, como não ganho bastante dinheiro cantando... O velho não sabe de nada. A história dele é a seguinte: o rei de Osraige possuía uma escrava nórdica, pela qual tinha certa afeição, e meu pai se apaixonou por ela. Tiveram que fugir. Essa mulher tornou-se a minha mãe. Ela morreu logo que nasci. Meu pai tem o coração partido desde então. Apesar disso, nunca deixou de me amar. Aprendi a ler, escrever e tocar a *cruit* com ele. Tudo que um bardo deve saber. Uma das primeiras canções que ele me ensinou foi a preferida de Fionn mac Cumhail, o grande herói, pai de Oisín, o poeta. Ouça:

"Quando meus sete batalhões se reúnem na planície,
E erguem os estandartes de guerra,
E o vento frio e seco assobia através da seda,
Essa, para mim, é a mais doce música!"[4]

---

4 The Book of Leinster – THE FAVOURITE MUSIC OF FIONN MAC CUMHAIL:
"When my seven battalions gather on the plain,
And hold aloft the standards of war,
And the dry cold wind whistles through the silk,
That to me is sweetest music!"

— O que acha?

Uma breve lembrança da Batalha de Clontarf passou pela mente de Anrath.

— E você, senhor...? O que faz por essas partes? — Seán insistiu na conversa.

— Anrath. Vim visitar uma amiga em Thomond. O nome dela é Grainne.

— Você quer dizer Grainne, a bruxa vermelha?

Anrath não gostou do que ouviu, e ofereceu a Seán um olhar de reprovação. O jovem, entretanto, continuou:

— Ouvi dizer que ela rasga os céus da noite em uma carruagem puxada por dragões!

— Isso é uma mentira estúpida. Pessoas não voam. Dragões não existem.

— Não existem? Como você pode dizer isso? E Saint George, que matou aquele dragão no oriente?

— Mais uma história que os homens contam. Na época que vivi entre os vikings, diversas vezes ouvi contos a respeito do guerreiro Siegfried e do dragão Fafnir. Já os geats narravam a batalha de Beowulf contra o *troll* Grendel e, depois, também contra um dragão. Povos diferentes, a mesma lenda, só os nomes mudam.

— Mas os *trolls* existem! Disso eu sei!

— Ah, sim. Isso é verdade. Eles podem ser vistos nas Ilhas Orkney. No entanto, eles não são monstros como dizem por aí. Os *trolls* não são tão diferentes de nós.

— Nunca conheci alguém que duvidasse tanto das coisas como você!

— Você já viu um dragão, Seán?

— Não.

— Conhece alguém que viu?

— Não, mas...

— Eu também não. Por isso não acredito.

— Então você só acredita no que pode ver?

— Correto.

— Acredita em Deus e no Nosso Senhor Jesus Cristo?

— Tanto quanto acredito em dragões! Os vikings louvam Odin, seu filho Thor e tantos outros. Acham que Valhalla os espera depois da morte. Os cristãos reverenciam um deus que é único, que também tem um filho sagrado. E eles pensam no Paraíso, que encontrarão depois de morrer. Os antigos habitantes de Erin tinham seus próprios deuses e deusas... Agora, Seán, em quem devo acreditar quando todos pensam saber a verdade?

— Ei, cuidado com essas coisas que fala! Se você for um pagão, como diz, isso pode servir de motivo para os homens de Ultan colocá-lo na fogueira também.

Ao que Seán terminou de falar, Anrath teve um mau pressentimento. Pensou em Grainne.

X
Grainne

Sentada em uma pedra no alto das Falésias de Moher, Grainne observava a colisão das ondas contra os paredões rochosos. Em momentos como este, a culpa que sentia não lhe parecia tão dolorosa. Naquela região pouco frequentada, não era difícil acreditar que nada existia no mundo além dela.

Por desgraça, havia um mundo longe das encostas turbulentas. Um mundo que não a deixava viver em paz, e que a obrigara a cometer o pior dos crimes. Atentara contra a Deusa.

Jamais iria esquecer o dia da visita fatídica dos quatro homens de Ultan. Chegaram cavalgando ao nascer do sol. Sujos, mal cheirosos e desgrenhados, portando espadas mais limpas do que eles próprios. Desmontaram e foram entrando na cabana, sem nenhum convite.

Grainne não se assustava tão fácil com a intimidação das pessoas do povoado. Há muito tempo se acostumara. Gritos de *bruxa maldita* e ofensas variadas eram bastante comuns. Entretanto, daquela vez foi diferente. Um dos homens, Sethor, agarrou-a pelo braço e desferiu um soco poderoso em seu rosto. Grainne caiu, assustada. Puxou o punhal que sempre trazia consigo e golpeou na direção do homem, abrindo um belo corte abaixo do joelho dele. Sethor grunhiu de dor e, mesmo com a perna ferida, chutou a mulher com toda a força. Os outros três homens saltaram sobre ela e a dominaram.

Seguraram Grainne pelos braços e pernas e a colocaram em cima da mesa. Então, Sethor aproximou seu rosto do dela. Grainne virou a face, tomada de asco. O lacaio de Ultan falou:

— E agora, bruxinha, o que você vai fazer? Vai rogar uma praga?

— O que vocês querem, malditos?

— Nosso senhor, Ultan mac Calahane, precisa de você — disse Sethor, deslizando a mão pelo corpo de Grainne. — E é melhor você cooperar, caso contrário...

Grainne não poderia ter ficado mais confusa e aterrorizada. Compreendera muito bem a ameaça, palavras não passariam mensagem de horror tão clara quanto a que a mão invasiva de Sethor transmitia. Mas, não entendera o que Ultan poderia querer dela.

Ela teve as mãos amarradas às costas e foi levada até o Senhor de Uaithne. Em um salão quase às escuras, encontrou o velho Ultan. Do canto da sala surgiu um homem soturno, de rosto insondável e olhos malignos. Grainne o conhecia bem. Padre Lorcain, que tantas vezes a acusara de satanismo e enviara fiéis para tentar amedrontá-la. Ele mesmo explicou o que Ultan almejava: feitiçaria para conquistar os inimigos.

Grainne não estranhou. Sabia que a hipocrisia era uma característica inegável desses religiosos.

Para o trabalho que desejavam realizar, precisavam de alguém que fosse íntimo das artes ocultas. Compreendiam que ficar rezando pela derrota do inimigo não trazia nenhuma serventia.

Usando de conhecimentos ancestrais secretos, Grainne desenvolveu um veneno poderoso, capaz de contaminar plantas e animais. Uma praga que assolaria plantações e rebanhos. Os homens a mantiveram como prisioneira durante todo o tempo da produção do feitiço, libertando-a apenas depois de sua propagação.

Fraquejara. Enfim, não passava de uma mortal. Tivera medo da morte. Além disso, temera ser possuída por aqueles homens asquerosos. Somente a mulher deveria ter o poder de escolher seus amantes, ou de preferir não tê-los. Coisa que os cristãos, notórios por tratarem as mulheres como propriedade e as possuírem na hora que bem entendessem, nunca compreenderiam.

Em uma noite outonal, os homens de Ultan espalharam o pó vermelho enfeitiçado nas regiões cobiçadas, acompanhados por Grainne que, sob a mira de adagas, entoou suas encantações. Tinha o coração apertado e, diversas vezes, derramou lágrimas de pura angústia.

No decurso da cerimônia, ela pensava que seria morta assim que tudo estivesse concluído. Para sua surpresa, e infelicidade, a liberdade e não as adagas lhe foram oferecidas ao término do feitiço. A decisão de seus captores não guardava nenhum mistério. Mesmo se ela ousasse dizer a verdade ao povo, de que adiantaria? Quem acreditaria na bruxa vermelha de Moher?

A praga criada por Grainne se espalhou e destruiu inúmeras vidas, do mesmo modo que uma culpa arrasadora a consumia por dentro. Desejava partir, deixar para sempre as terras de Erin e buscar paz. Necessitava colocar uma grande distância entre ela e os homens que a obrigaram a envenenar as criações da Deusa. Antes disso, precisava ver Anrath, a única pessoa de quem sentia falta. Se fosse embora sem avisá-lo, poderiam perder contato para sempre. Quanto ele ainda demoraria a chegar?

Suspirou e deixou a beirada do precipício. O barulho das ondas ressoava em seus ouvidos, confundindo-se com os pensamentos. Entrava em casa e outro som familiar roubou sua atenção: o de cascos golpeando o solo. Viu, à distância, uma carroça se aproximar e quatro cavaleiros a liderar o caminho. Reconheceu os homens. Seu pesadelo não teria fim?

XI
Casa vazia

Anrath puxou as rédeas e saltou para o chão. Apressara o marcha depois de perceber que Grainne poderia ser um alvo para a purgação promovida por Ultan e Lorcain. Parou apenas diante da casa da amiga, forçando o cavalo outra vez. A sensação de tranquilidade que o barulho das ondas do mar lhe provocava havia desaparecido. Fora substituída por uma intensa agonia.

Seán o acompanhou, pois, como devedor de Anrath, pensou que tinha obrigação de ajudá-lo. Sequer passaram pela casa de seu pai. O velho poderia esperar mais um pouco.

A porta escancarada encheu Anrath de medo. Lá dentro, os sinais de luta se faziam evidentes. O caldeirão tombado, a terra pisoteada, a mesa de madeira e os utensílios de casa revirados: testemunhas silenciosas da resistência de Grainne. Anrath correu de um lado para outro, procurava sangue, corpos de inimigos, qualquer coisa que pudesse ser um sinal de que ela escapara. O nervosismo dificultava seu raciocínio, perdia tempo tentando ser otimista enquanto deveria estar procurando outra vez o rastro de uma carroça de prisioneiros.

Saiu e logo se deparou com Seán. O rapaz estava agachado perto do cavalo, olhando para o chão.

— Eles foram por ali — disse apontando.

— Dê-me o seu cavalo. Ele está mais descansado do que o meu — Anrath falou, já montando. — Volte para sua casa. Sei pai está sozinho.

— Espere, vou com você!

— Há morte no fim dessa trilha, garoto.

— Se não fosse por você, eu não estaria vivo. Quero ajudar.

Anrath esporeou o cavalo e saiu em debandada.

Seán o seguiu, mesmo notando o desgaste da montaria. Teve medo por um instante, pois nada conhecia do homem que se dispusera a acompanhar. Que ele era um guerreiro, um mercenário, lhe aparentava ser bastante óbvio. No fundo, uma espécie de "lealdade entre proscritos" movia Seán. Gostava de se imaginar como um notório fora da lei, ao invés de um ladrãozinho comum. E se Anrath fora decente o bastante para libertá-lo ao saber que um homem velho dependia dele, era provável que estivesse com a razão nessa empreitada também. Uma boa aventura se apresentava, Seán fazia questão de embarcar nela.

XII
Fogo

Os homens chutaram sua porta e invadiram a casa como uma matilha faminta. Grainne, que agora preferiria morrer a colaborar com os planos de Ultan outra vez, decidiu lutar. Agindo rápido, e queimando as próprias mãos no processo, jogou o conteúdo fervente do caldeirão nos invasores. Brian e Sethor, que vinham na frente, receberam a maior parte do líquido, que os atingiu do queixo para baixo.

Urrando de dor, os dois primeiros invasores começaram a arrancar as roupas encharcadas com o líquido escaldante. Niall e Cormac, os outros membros do grupo, avançaram. Grainne os esperava de adaga em punho. Eles hesitaram e se posicionaram de modo a cercá-la. Enquanto isso, Sethor e Brian se recuperavam, com manchas vermelhas enormes no torso e bolhas espalhadas nas mãos e faces, onde o líquido os atingira diretamente.

— Vagabunda! — gritou Sethor, um pedaço de pele pendendo de seu queixo. — Se eu não tivesse ordens de levá-la com vida, acabaria com você agora mesmo.

— Temos que levá-la viva, Sethor, mas — Cormac falou, um sorriso malicioso no rosto — isso não impede de nos divertirmos um pouco antes.

Os quatro homens riram. Grainne, sem esperança, apontou o punhal para o próprio peito.

Acordou com o balanço violento da carroça pela trilha esburacada. A cabeça latejava e uma mancha de sangue coagulado cobria metade de seu rosto. As últimas coisas de que Grainne lembrava eram a sensação do punhal penetrando sua pele e a imagem anuviada dos quatro empregados de Ultan avançando na direção dela. Algum deles deveria tê-la golpeado na cabeça. Verificou o ferimento que infligira em si mesma. Não tivera tempo, ou força, de enterrar o punhal o suficiente para matar.

Outros miseráveis a acompanhavam na carroça. Cinco prisioneiros ao todo. O pior para Grainne era notar que, mesmo que compartilhassem a mesma situação, os outros quatro cativos pareciam temê-la, e se amontoavam no canto oposto da gaiola de madeira. Das três mulheres, duas sequer tinham coragem de olhar para ela. A outra a mirava com desprezo no olhar. O único homem engaiolado exibia uma expressão vazia na face.

Após uma jornada longa e acidentada, o vilarejo de Uaithne apareceu entre as colinas. Uma torre circular, mescla de campanário e guarita, assomava acima das casas. Na entrada da via principal, uma pequena multidão se aglomerava para ver a carroça passar. Perto da torre, a igreja ocupava posição de destaque.

A carroça atravessou o vilarejo com o mesmo vagar indolente da viagem. Alguns aldeões jogaram pedras, outros gritaram xingamentos e ameaças. Depois de passar pelo último casebre, tomou a trilha que subia uma colina baixa. Do outro lado, o homem de palha aguardava imponente, insondável e assombroso. Foi surgindo aos poucos à medida que a carroça galgava a colina. A cabeça enorme e inexpressiva ofereceu irônicas boas-vindas aos prisioneiros.

Grainne agarrou-se às grades de madeira. Aquilo era uma insanidade. Não sabiam aqueles ignorantes que o homem de palha pertencia ao mundo das lendas? Não sabiam que ele pertencia a um passado nebuloso e, caso real, pagão?

Outro grupo esperava aos pés do gigante de madeira. Ultan estava lá, cercado por seus guerreiros. Rondando o Senhor de Uaithne como um cão que bajula o dono, o padre Lorcain assumia uma aparência tão assustadora quanto patética. A população do povoado também se reuniu ali em seguida. Ninguém queria perder o espetáculo.

Ultan discursou, mas Grainne não prestou atenção no que ele esbravejava como um rei irritado. Logo, o padre Lorcain tomou a palavra. Teatral, afetado e histérico, o padre deu sua contribuição de ódio ao evento. Grainne teria rido, não fosse a dor causada pelos ferimentos.

Onde estaria Anrath, Grainne pensou. A certeza de que nunca mais o veria a enchia de tristeza. Que o guerreiro encontrasse paz, ela desejava. E que não ficasse sabendo do destino que a amiga tivera.

Debaixo de chutes e empurrões, os prisioneiros foram arrancados de dentro das gaiolas e enfiados no homem de palha. Os guerreiros de Ultan usavam lanças para fazer com que os condenados subissem as escadas e se posicionassem no torso do boneco colossal. Então, o silêncio se abateu sobre Uaithne. Por pouco tempo.

Acenderam as chamas. Prisioneiros gritaram. Alguns urinaram nas calças. Outros rezavam em desespero para o mesmo Deus que supostamente os condenara. A fumaça da palha subiu, sufocando todos. O homem de olhar vazio, que acompanhara Grainne na carroça, despertou como de um sonho, e começou a gritar ofensas aos presentes.

Grainne fechou os olhos e sentiu a língua de fogo lamber sua pele.

XIII
Desolação

Em toda a história de Erin, nenhum cavalo correu como aquele que Anrath cavalgou no dia em que Grainne perdeu a vida. Anrath esporeava o animal com pesar, não lhe agradava maltratá-lo. Por Grainne, ele o maltrataria.

Havia alcançado a estrada já há algum tempo, e logo avistou o vilarejo de Uaithne. O caminho que percorria o levaria para o meio das casas. Resolveu tomar uma rota lateral, pois seria melhor evitar a atenção do povo.

A trilha alternativa subia por uma colina. Anrath cavalgou até o topo e teve uma visão ampla e aterradora do vale. Lá embaixo, atrás da cidade, um enorme homem de palha se erguia como um deus da antiguidade.

De súbito, um solavanco. Anrath se viu alçando voo. Preparou-se para a queda e rolou diversas vezes pela trilha de terra. Parou. Tentou levantar, ficar de joelhos, mas tombou em seguida. A cabeça girava. Uma dor lancinante no peito denunciou algumas costelas quebradas. Concentrou-se nas pernas e braços, apesar de várias escoriações, os ossos estavam intactos. Ouvia a agonia do cavalo; e algo mais. O vento carregava um lamento distante. Gritos de pavor.

Anrath tentou levantar mais uma vez. Desembainhou a espada e nela se apoiou. Viu o cavalo se contorcendo no chão. Havia caído em um buraco e quebrado as pernas dianteiras. Em sua ânsia, Anrath não prestara atenção no caminho. Olhou então para o outro lado e se deparou com uma coluna de fumaça que subia aos céus. As chamas engoliam o homem de palha. Um grito cheio de ódio nasceu no peito do mercenário, mas morreu em sua garganta.

Se ainda precisava de forças para levantar, não fazia diferença, agora tinha ira. Colocou-se sobre as duas pernas e começou a andar. Cada passo resultava em dor, mas isso não o impediria de prosseguir. Um galope tranquilo soou atrás dele.

— Anrath! — Seán gritou.

O mercenário se virou e viu Seán se aproximar.

— Desça!

O jovem obedeceu e Anrath tentou montar. O cavalo usado por Seán, assustado com a cólera do homem e a agonia do outro cavalo, ficou inquieto. Anrath procurava dominá-lo sem largar, ou colocar de volta na bainha, a espada que empunhava. Os ferimentos também cobraram seu preço e Anrath tombou, após outra tentativa fracassada de subir no animal. Dando pinotes, o cavalo correu para a floresta.

Resignado, Anrath levantou e deu continuidade ao seu avanço na direção de Uaithne. Seán, vendo o homem de palha ardendo como o inferno, segurou Anrath pelo braço.

— Espere, Anrath! Ficou louco? Não há mais o que fazer!

— Saia do meu caminho! — Anrath gritou, empurrando Seán.

O rapaz caiu de lado, mas não desistiu. Levantando-se, tentou chamar Anrath de volta à razão:

— De que adianta você ir até lá? Há duzentos homens lá embaixo. Acha que vai conseguir ao menos chegar perto de Ultan assim? Mesmo que você mate trinta deles, isso vai vingar Grainne? Se o seu desejo é morrer, vá em frente. Se for vingança que você quer, não seja estúpido de morrer agora.

O mercenário caiu de joelhos e cravou a espada no solo à sua frente. Agarrou a empunhadura com as duas mãos e apoiou a testa sobre elas. Seus braços tremiam. Suor, lágrimas e saliva se misturavam em seu rosto. Então, libertou o grito que confinara dentro de si, estremecendo a colina até que o eco se perdesse no horizonte.

XIV
Aliados

A fogueira crepitava, gerando os únicos sons do acampamento improvisado. Nenhum dos dois homens que recebia seu calor ousava falar. Anrath mantinha um silêncio solene, de luto.

Seán não falava por medo. Medo de que o mercenário o culpasse por não ter conseguido salvar Grainne, afinal, se Anrath não tivesse voltado para libertá-lo, teria chegado à casa da feiticeira em tempo.

Por outro lado, pensou que, se Anrath guardasse algum ódio em relação a ele, já teria se manifestado. E Seán estaria morto. Simpatizava com o mercenário e sua dor, além de dever a ele o fato de continuar respirando. Entretanto, a dúvida o consumia. Decidiu então arriscar algumas palavras:

— A culpa é minha, Anrath. Peço que me perdoe.

— O que você disse? — Anrath perguntou como se despertasse de um transe.

— Não fosse por mim, Grainne poderia estar viva agora.

Anrath ponderou calado por um instante, aumentando o nervosismo de Seán. Então, o mercenário balançou a cabeça negativamente.

— Não vejo por quê. Você não a mandou para a fogueira. Não construiu o homem de palha.

Um silêncio mais tranquilo envolveu a dupla. Seán, todavia, não estava satisfeito.

— E agora, o que acontece?

— Vou atrás dos bastardos que fizeram isso. Ultan, Lorcain, os desgraçados que pegaram Grainne...

Seán estremeceu. O homem falava em matar sozinho um chefe de clã. Falava em afrontar um exército. Ele poderia ser um grande guerreiro, porém, o que pretendia fazer era uma loucura. Contrariando toda e qualquer noção de lucidez, o jovem declarou:

— Eu vou ajudá-lo.

Um quase sorriso se formou no rosto de Anrath.

— Você não me deve nada, rapaz. Volte para casa. Você não está preparado para o que vou enfrentar.

— Sei que você acha que não precisa de mim. Bem, na verdade, não sirvo para muita coisa em uma luta. Mas, conheço pessoas em vários vilarejos. Cantei nas tavernas de vários *briugaid*, roubei aqui e ali sem ser descoberto, na maioria das vezes. Aquele bastardo do Brógan me pegou uma vez, não sei como ele não me reconheceu hoje cedo. O que quero dizer é que sei por onde esses homens andam, conheço o funcionamento da região.

O jovem encarou o mercenário aguardando uma reação.

— Continue — Anrath disse, enfim.

— Estamos na época em que se negocia gado.

Em breve, eles sairão em viagem. Ultan irá na frente, os homens encarregados de tocar o gado seguirão logo atrás. Alguns ficam em Uaithne e nas imediações. Só precisamos descobrir aonde vão e o melhor momento de atacar.

— Sim e, pelo visto, você também tem uma ideia de como conseguir essas informações.

Seán abriu um enorme sorriso.

— Sei onde Brógan mora.

XV
Brógan

A noite findava e os homens começavam a deixar a taverna de Uaithne. Um a um, os clientes iam embora para suas casas. Alguns tristes, com os bolsos vazios, outros alegres, cheios de bebida no estômago. Brógan pertencia ao segundo grupo. Podia trabalhar como um animal durante o dia, cuidando das cabeças de gado do clã, mas, à noite, bastavam poucos goles para animá-lo. Até já havia esquecido o soco que recebera no olho, dois dias antes. Descontou a raiva que sentira do mercenário nos prisioneiros que levou para a fogueira. E, para melhorar, aquelas moedas de prata pagariam muita cerveja, não precisaria negociar seus porcos com o *briugu* por um longo tempo.

Não contara a Ultan sobre a venda do prisioneiro. Seria melhor que ninguém ficasse sabendo do ocorrido. Seus companheiros naquela ocasião prometeram nada dizer. Como todos haviam recebido um quinhão do saco de moedas, Brógan acreditava que eles permaneceriam calados. Para explicar o olho inchado, inventou um acidente qualquer.

A vida podia ser boa, afinal, ele pensou. A caminho de casa, observou a lua cheia e o céu claro. Uma bela noite, sem dúvida. Sua mulher o esperava. Talvez até estivesse acordada e com vontade de brincar um pouco. Na frente da cabana, sentiu a bebida pesar na bexiga. Deu a volta no casebre e andou até as árvores onde costumava se aliviar. Abaixou a *truis* xadrez que usava, mas foi logo interrompido. Anrath surgiu por trás e encostou o fio da espada no pescoço do homem. O corpo de Brógan se enrijeceu.

— Mas que...

— Calado. Um pio e a sua mulher morre também — Anrath falou com a convicção de quem diz a verdade.

— O que quer?

— Vista as calças. Vamos dar uma volta.

Brógan andou com a lâmina a beliscar a carne de seu pescoço. Filetes de sangue já brotavam da pele e se misturavam com o suor que ensopava o homem. Nervoso, ele podia ouvir as batidas do próprio coração.

Passos lentos e cuidadosos levaram a dupla até

a beira de um riacho vizinho de Uaithne. Seán os esperava com uma corda nas mãos.

— Amarre-o — Anrath ordenou.

— Vocês dois outra vez? — Brógan perguntou enquanto era amarrado a uma pedra por Seán, sempre sob a mira da espada. — O que querem agora, miseráveis?

Anrath colocou-se diante de Brógan e apoiou a ponta da espada no ponto macio do pescoço abaixo do pomo de adão do prisioneiro.

— Quem eram os responsáveis pelas outras carroças? Ou melhor, quem estava na carroça que capturou Grainne?

— Capturou quem?

— A bruxa vermelha — Seán respondeu por Anrath.

Brógan ficou calado. O peso da espada dificultando a respiração.

— Sethor, Brian, Cormac e... Não lembro, juro que não lembro! E, que diferença isso faz? — disse por fim.

Anrath começou a torcer a lâmina.

— Neill, o quarto homem era Neill. Não sei quem conduzia a carroça.

— Isso é suficiente. Agora, ouça bem, Brógan: estou disposto a deixar você viver ao invés de matá-lo como o porco que você é. Sabemos que em breve Ultan mac Calahane viajará para negociar o gado. Para onde ele vai e quando?

— Acha mesmo que vou falar? Acha que vou trair Ultan?

Sem hesitação, Anrath empurrou a espada. Sangue começou a escorrer pelo peito de Brógan.

— Pare! Por favor, não aguento mais!

— Vejo que você mudou de ideia — disse Anrath, diminuindo a pressão da espada.

Ofegante, Brógan revelou:

— Ultan irá para Aradh negociar gado com os Dal Cairbre daqui a duas semanas.

— Com quantos homens?

— Sua escolta habitual, uns dez guerreiros.

— Sethor, Brian, Cormac e Neill estarão com ele?

— Não, Sethor e os outros, não.

— Por que eles não irão nessa viagem?

— Sethor é o braço direito de Ultan, seu capataz. Ele fica no comando de tudo quando Ultan viaja. Os outros são os homens de confiança de Sethor.

XVI
Brian e Cormac

— Há quanto tempo você disse que Brian saiu? — Sethor questionou Cormac outra vez. A história que o homem lhe contara deixara dúvidas.

— Algumas horas. O sol estava alto.

— E só agora a pouco você resolveu ir atrás dele? O homem sai para desatolar uma vaca no início da tarde, e só quase à noite você dá pela falta dele? Ainda mais depois do sumiço de Brógan?

Cormac nada respondeu. Tinha noção da própria falha. Aproveitando a saída de Ultan, ficara bebendo com os outros homens. Sethor, na maioria das vezes, não se importava com isso. E, na verdade, ninguém dera importância ao desaparecimento de Brógan. Entre os homens de Ultan, o pensamento era de que Brógan havia fugido do demônio com quem era casado, embora ele parecesse gostar daquela mulher. Mas, por todo o vilarejo, ela tinha a fama de ser destemperada e inconveniente.

— Ele estava sem a cabeça mesmo ou vocês covardes correram e não olharam direito? — Sethor continuou o interrogatório.

Neill, que acompanhara Cormac na busca, sentindo-se ofendido, respondeu de imediato:

— Não trouxemos o corpo conosco porque pensamos que seria melhor você dar uma olhada. Se for mesmo um ataque do pessoal de Tuireadh, temos que colocar o gado no círculo de pedra.

Anuindo com a cabeça, Sethor conjecturou:

— Podem ser os homens do falecido Loingsigh querendo vingança. Eu sabia que deveríamos ter matado o filho dele também. E quem nos avisou sobre a vaca atolada?

— Um velho do vilarejo, gente nossa.

A cavalgada os levou para a região pantanosa das terras de Ultan. Ninguém gostava de andar por aquelas partes; a presença de um dólmen e as histórias fantasmagóricas acerca das luzes dos pântanos afugentavam qualquer pessoa. E fora exatamente ao lado do dólmen que a vaca ficara presa no lodo. Alguns homens chegaram a fazer brincadeiras com Brian no instante em que ele pegava o cavalo para sair, mas, como o dia ainda estava claro, não conseguiram deixá-lo assustado.

Sob a luz difusa do entardecer, os homens avistaram o grande túmulo de pedras erguido em eras passadas e o atoladouro, onde a vaca jazia semienterrada e já sem vida.

— Vamos deixar os cavalos por aqui — disse Sethor — Mostrem o caminho que vocês fizeram.

Os três homens desmontaram e seguiram a trilha deixada pelos cascos dos cavalos de Cormac e Neill na viagem anterior. Caminharam até o atoladouro e encontraram o cadáver decapitado de Brian. Sethor agachou-se para examinar o solo.

— Não há muitas marcas aqui, além das que vocês deixaram. Isso foi trabalho de um ou dois homens.

— Devem ter levado a cabeça dele — Cormac adicionou, olhando para os lados em busca de uma pista. — Aposto que está cravada em uma estaca lá em Tuireadh.

— Não. Ela está dentro deste saco — disse uma

voz que surpreendeu os homens. — Onde em breve estarão as cabeças de vocês.

Sethor, Neill e Cormac olharam para o dólmen, de onde vinha o som, e se depararam com dois homens em seu interior. Eles caminharam para fora com calma, e o maior deles jogou um saco de couro aos pés de Sethor.

— Você tinha razão. Foi um trabalho de dois homens.

— Quem são vocês?

— Meu nome é Anrath, mas meus inimigos me chamam de Cão Negro.

Neill deu dois passos para trás e fitou assustado seus companheiros, que tiravam as espadas das bainhas. Sethor não se intimidou.

— O mercenário? Aquele filho fracote do Loingsigh contratou você?

Anrath desembainhou a espada. Seán, logo atrás, empunhava uma adaga desde que saíra do dólmen. Brian fora pego de surpresa, essa luta seria face a face. O jovem ladrão sentia o suor escorrer por suas costas e o coração retumbar no peito.

Tomando a iniciativa, Anrath partiu para o ataque. Cormac defendeu o primeiro golpe, e respondeu com força. Os outros adversários se posicionaram nos flancos, tentando impedir Seán de entrar na luta. Eles faziam investidas breves, defendidas sem dificuldade por Anrath. O duelo principal se concentrou em Cormac.

O retinir de espadas surpreendeu Seán, mais acostumado com brigas aos socos em tavernas que raramente escalavam para um confronto de adagas. A lembrança das mortes de Brógan e Brian também o acometeu. Ainda podia ver o sangue derramado com clareza, e sabia que veria muito mais. Voltou a si após o breve devaneio e assistiu Anrath desarmar Cormac, decepando-lhe os dedos, e atacar.

O golpe atingiu o pescoço de Cormac, resultando em um jato de sangue que banhou Anrath. Então, o mercenário percebeu um movimento brusco atrás de si. Olhou para trás e, perplexo, viu Seán correr da batalha.

Sethor aproveitou esse segundo de vacilo e investiu com toda a força que dispunha. Golpeou a cabeça de Anrath usando a empunhadura da espada. A violência do choque derrubou o mercenário. Neill saltou para cima do inimigo, segurando a espada como uma faca, pronto para cravá-la. Sethor jogou-se na frente e bateu mais uma vez na cabeça de Anrath ao que gritava:

— Não o mate ainda! Não o mate!

E continuou a bater.

XVII
Prisioneiro

Sethor, capataz de Ultan, e Neill, seu homem de confiança remanescente, certificaram-se de que o prisioneiro estava bem amarrado e o viraram de barriga para cima. A força do mercenário impressionou os dois. Depois de repetidas pancadas na cabeça, ele não ficara desacordado. Aparentava apenas estar um tanto atordoado.

— Que cabeça mais dura! — exclamou Sethor. — Nunca vi algo assim antes.

— Não sobrevivi a tantas batalhas por acidente — Anrath comentou desafiador.

Sethor agarrou o rosto do mercenário pelo queixo.

— Olhe para mim, bastardo. Antes de matar você, eu quero saber. Afinal, o filho de Loingsigh o mandou aqui?

— Vocês arrancaram Grainne de casa e a colocaram em uma fogueira. Por isso vão morrer, não por causa de uma disputa de clãs estúpida.

Sethor riu alto, quase não acreditava.

— Por acaso você era o homem dela? Pensei que a vadia não gostasse disso. De qualquer modo, como é que você vai nos matar agora, *Cão Negro*? — Sethor falou, sarcasmo em cada palavra — Eu sei quem você é, maldito... Todos já ouviram a história do Cão Negro de Clontarf! Anrath, o Cão Negro...

O único homem de cabelos escuros no bando de Ild Vuur durante a Batalha de Clontarf. Vocês tiveram sorte de sobreviver àquela carnificina. Sim, traidor imundo, eu também estive em Clontarf, lutando no exército do grande Brian Boru.

— E hoje você cuida de vacas atoladas.

— E você é muito engraçado para alguém que está embaixo de minha sandália.

Sethor olhou para os lados. Em seguida, levantou-se e pisou sobre a cabeça de Anrath, perguntando:

— Onde está o seu amiguinho?

— Ele fugiu.

O capataz gargalhou até perder o fôlego.

— Que covarde! Vocês bastardos não sabem mesmo o que é lealdade, não é?

— Vamos atrás dele? — Neill perguntou, interrompendo a diversão de Sethor.

— Hoje não — Sethor disse. — Do jeito que o maldito correu quando viu sangue, só vai parar no colo da mamãe. Não acha, *Cão Negro*?

O mercenário nada respondeu, enquanto o vassalo de Ultan aumentava mais a pressão de sua pisada.

— Eu poderia esmagá-lo como um verme. Mas, seria rápido demais. Conheço um método bastante interessante. Você deve conhecer também, afinal, os porcos vikings têm algo bastante similar...

Os homens arrastaram Anrath pelas pernas e o colocaram de barriga para baixo sobre o lombo de um cavalo. Depois, partiram.

XVIII
Llamhigyn Y Dwr

As cordas apertaram os pulsos de Anrath no momento em que foi estendido de braços abertos na beira do lago. Argolas de metal que se fixavam nas pedras, talvez usadas antes para a amarração de barcos, foram usadas para amarrar suas mãos. Metade de seu corpo estava dentro da água. O luar refletia na superfície sombria do lago, jogando uma luz prateada sobre os homens.

— Bem, lembra-se que eu disse que usaria um método viking? Como estamos longe do mar e aqui a maré não vai afogá-lo, temos de fazer algo diferente. Sabe o nome deste lago? Lough Eagla. Ninguém vem aqui, os pescadores o evitam. Há uma coisa neste lago que os galeses chamam de Llamhigyn Y Dwr, o Saltador d'Água...

Anrath olhou espantado para Sethor.

— Já ouviu falar, não é? Certa vez, o Neill viu um Saltador comer uma vaca — Sethor fez uma pausa. — Vamos deixá-lo aqui sozinho, o Saltador é perigoso demais para ficarmos olhando. Mas, estaremos por perto, queremos ouvir você gritar. Ah, antes de irmos, uma coisinha para você pensar enquanto espera o Saltador: a sua feiticeira gemeu como uma prostituta enquanto eu e os rapazes nos divertíamos com ela!

O rosto de Anrath se encheu de fúria. Se um olhar pudesse matar, sem dúvidas Sethor já estaria morto. Todavia, ele nada podia fazer estando amarrado daquele modo. Vacilara como um novato quando Seán o abandonou, agora pagava o preço. Impotente, assistiu Sethor se afastar, deixando para trás um riso estridente. Neill seguiu seu capataz. Logo, os dois ficaram fora do campo de visão de Anrath.

Histórias envolvendo Saltadores d'Água eram conhecidas por pescadores em toda parte. Relatos sobre ataques se espalhavam de leste a oeste de Erin, e também do outro lado do mar. Quando uma dessas criaturas se estabelecia em um lago ou rio, o lugar começava a ser evitado. Até vilarejos desapareciam quando as águas vizinhas se transformavam em lar para um Saltador.

Lembranças de tais histórias dançavam na cabeça de Anrath. Certa vez, quando era uma criança em Connacht, vira um Saltador morto. De alguma forma, a criatura havia chegado ao mar e morrido com a água salgada. Os pescadores o pegaram em uma rede e o levaram para o vilarejo. Tinha o tamanho de um homem, nadadeiras como asas enormes e uma longa cauda que terminava em um ferrão. Dentes pontiagudos sobressaíam da boca gigante. Uma visão para nunca ser esquecida.

Ali, com metade do corpo sob as águas escuras do lago, essa visão tornava-se ainda mais aterradora. Forçou os punhos na tentativa de romper as cordas, mas elas eram muito resistentes e haviam sido bem amarradas. Fora estendido de tal modo que as amarras o impediam de realizar grandes movimentos, embora suas pernas estivessem soltas. Ao menos, podia encolher as pernas e até chutar. Restava esperar.

Mirava com atenção a superfície da água quando ondulações suaves denunciaram a aproximação de algo. Dois olhos, como os de um sapo, mas de tamanho muito superior, emergiram diante dele. Observaram-no por alguns instantes. Moveram-se para a direita, e depois para a esquerda. Em seguida, desapareceram.

Anrath estava enrijecido. Tinha o olhar fixado na água. No silêncio da noite, o som de sua própria respiração ofegante ecoava sobre o lago. Procurou se acalmar, pois tudo estava tão quieto à sua volta. Talvez a criatura tivesse ido embora, desconfiada com o que deveria ter lhe parecido uma presa fácil demais.

De súbito, um jorro de água e Anrath viu apenas os dentes afiados voando em sua direção. Em um movimento rápido instintivo, levantou as pernas e bloqueou o ataque. Acertou a cabeçorra de sapo da criatura, que mergulhou novamente, deixando um redemoinho para trás.

A superfície do lago mal se acalmara quando o Saltador desferiu o segundo ataque. Bateu as nadadeiras no ar como se fosse um morcego e caiu sobre o peito de Anrath, cravando os dentes na malha de metal. O mercenário esperneou e grunhiu como um animal, lutando como podia contra o predador. Sentiu os dentes pontiagudos rasgarem sua carne, mas mordeu os lábios e aguentou firme. Não daria aos inimigos o prazer de ouvi-lo gritar.

XIX
Escolhas

Um tremor percorreu o corpo de Seán ao ser envolvido pelo vento da noite na charneca. Seria frio ou remorso? Tivera participação na morte de dois homens. Brógan fora torturado e jogado em um rio, e Brian, decapitado sem ao menos saber o que o atingira. Assistiu Anrath erguer e baixar a espada como um raio, e a cabeça de Brian rolou pelo chão.

Horas antes, atraíram uma vaca para o atoladouro. A isca havia sido jogada. Pagaram um camponês para avisar os homens de Ultan sobre o animal em perigo. Depois, foi só aguardar pelas vítimas. O que mais assustava Seán era perceber que Anrath estava preparado para matar qualquer um que aparecesse para ajudar a vaca. Estava disposto a atrair as presas desejadas a qualquer custo. Por sorte, Brian foi quem apareceu primeiro.

Depois, surgiram Sethor e os outros. Veio a batalha, e o sangue jorrando do pescoço de Cormac fez Seán pensar sobre as escolhas que fizera. Agora, a morte de três homens pesava em seu coração. E isso não era tudo, pois, completando o quadro, abandonara Anrath, a quem prometera ajuda.

Fugira, sim, mas não por covardia. Quando precisava lutar, lutava. Mas, acompanhando Anrath, vira a morte de uma forma que lhe era estranha, e repulsiva. Não conhecia a realidade das batalhas, conhecia somente as canções heroicas e emocionantes que aprendera com seu pai. Portanto, ao ver homens sendo abatidos como gado, ficou transtornado.

Nas duas semanas que separaram o assassinato de Brógan e o ataque a Brian, ficara na casa do pai tendo o mercenário como hóspede. Nesse período, as únicas saídas foram para espionar a rotina dos homens de Ultan. Mesmo nessas jornadas, Anrath conversara com ele em raras ocasiões. O silêncio do mercenário não era motivado pelo luto, como Seán pensou a princípio. Seu estado natural era quieto e introspectivo. Porém, teve certeza de que aquele era um homem justo e honrado. Um homem que jamais abandonaria um companheiro.

Seán puxou as rédeas do cavalo e parou. Não sabia o que fazer. Se por um lado abominava os banhos de sangue que presenciara, por outro sentia uma grande obrigação para com o homem que lhe salvara a vida, e que poderia até chamar de amigo.

Olhou para trás e encarou a solidão da charneca. Não fazia muito que abandonara a luta. Apenas o tempo de correr até os cavalos e sair a galope. A lua mal se deslocara. Secou o suor frio que se acumulara na testa e virou a montaria. Não podia deixar Anrath para trás. Era provável que o mercenário já tivesse acabado com Sethor e Neill, então, nesse caso, Seán pediria perdão por ter fugido.

O cavalo de Anrath permanecia amarrado nas mesmas pedras onde eles o haviam deixado horas antes. Seán agarrou as rédeas do animal e o conduziu. Adiante, pôde ver o dólmen fantasmagórico sob a luz da lua.

Ao chegar lá, encontrou o cadáver de Cormac caído em uma poça de sangue e nada mais. Ainda mantinha a cabeça sobre os ombros, o que levou Seán a crer que Anrath não havia vencido a luta. E, se Anrath fora sobrepujado ou morto, Sethor e Neill deveriam tê-lo levado para o forte de Ultan. Entretanto, as marcas no solo indicavam algo diferente.

Uma trilha com as pegadas de três cavalos rumava na direção oposta do círculo de pedras. Talvez tivessem carregado Anrath para outro lugar. Seán decidiu seguir a trilha, não conseguia pensar em outra opção. No caminho, lembrou-se que o Lough Eagla ficava na região, e começou a entender o porquê de terem tomado aquela rota. Já perto do lago, avistou uma fogueira a distância, o que o deixou confuso, mas preferiu seguir a trilha.

Após mais um trote ligeiro, alcançou as margens

do Lough Eagla. A cena que viu em seguida o estremeceu: Anrath debatia-se na beira do lago, tentando afastar uma criatura monstruosa aos chutes. Apesar do medo, Seán não teve dúvidas: desmontou e correu para ajudá-lo. Atirou-se de joelhos ao lado de Anrath e cravou sua faca na cabeça do monstro, que emitiu um guincho aterrorizante. O Saltador, por sua vez, estalou a cauda como um chicote e arremeteu seu ferrão contra o braço de Seán. A dor e o susto não fizeram com que ele largasse a arma. Reunindo toda sua força e coragem, Seán enterrou a faca até o cabo na carne da besta, e a torceu. Com um gemido que foi uma mistura de medo e dor, a vida desapareceu do corpo do mostro, restando somente uma massa inerte em cima de Anrath.

— Obrigado, Seán — disse o mercenário.

XX
Sethor e Neill

— Ouviu isso? — Neill perguntou assustado.

— O Saltador deve ter chegado para o jantar — respondeu Sethor aos risos.

— Não pareceu um grito humano...

— É? Pois eu digo que você não tem ideia de como um homem pode gritar quando está apavorado! Mesmo um homem como esse Cão Negro.

Neill ficou calado. Não gostava de discutir com Sethor. O capataz de Ultan adorava ressaltar a falta de experiência de Neill sempre que aparecia a oportunidade. Não tinha culpa por ser mais jovem do que os outros e por nunca ter estado em uma batalha. Mesmo quando Ultan atacou Loingsigh, Neill não acompanhara o grupo, por ser considerado fraco demais. Só conseguira a confiança do capataz através de muito trabalho pesado, e com a história do Saltador d'Água, que Sethor gostava de repetir sem saber que se tratava de uma mentira. Na verdade, nunca vira um Saltador, apenas encontrara os restos de uma vaca atacada na beira do lago.

— E então, vamos ver o que sobrou do maldito? — Sethor perguntou, jogando na fogueira um resto de carne salgada que comia.

— Agora?

— Sim. Algo de errado?

— E se o Saltador ainda estiver por lá?

— Ah, vamos devagar, tomando cuidado para não atraí-lo... Acho que não teremos problemas. Além do mais, eu bem que gostaria de ver como eles são.

— Parecem demônios do inferno! — Neill disse, impostando a voz na tentativa de soar como um guerreiro calejado.

Sethor bufou, um misto de inveja e desdém tomou seu rosto. Não gostava muito do jovem Neill, embora ele fosse o melhor pastor do grupo. Ainda assim, não tinha fibra de guerreiro. Levara o rapaz nas duas incursões à casa de Grainne, a bruxa vermelha, com a intenção de testá-lo. Ele se saiu bem, ganhando um lugar entre seus homens de confiança. Afinal, não podia negar que Neill era leal, pois sabia manter a boca fechada quando ordenado. Mas, que aquele garoto franzino não servia para uma luta, não servia. A não ser contra uma mulher, como a bruxa.

O capataz estava prestes a fazer um comentário grosseiro quando algo passou voando por seu rosto para, em seguida, cair sobre a fogueira, espalhando as chamas.

— Que diabo é isso? — Sethor gritou, dando um salto para trás, no que foi acompanhado por Neill.

— Não reconhece? Os galeses o chamam de Llamhigyn Y Dwr — falou Anrath, ao partir para cima de Sethor.

Anrath, desarmado, atacou antes que Sethor pudesse desembainhar a espada. Os dois homens rolaram pelo chão aos socos, como animais furiosos. Os cavalos empinavam, aterrorizados com a luta.

Alheios aos demais, Seán e Neill se dedicavam ao próprio combate, este armado. Seán saltou com sua faca para o encontro de Neill, que puxara a espada sem muita segurança. Ataque e defesa se alternavam timidamente, com os dois lutadores temerosos de se entregar ao combate.

Quando dois guerreiros inexperientes se encontram, morre quem vacila primeiro. Nervoso demais para cuidar dos próprios passos e do adversário ao mesmo tempo, Neill cambaleou por causa do solo irregular. Seán aproveitou o segundo de desorientação de Neill e enterrou a adaga entre as costelas do rapaz, bem abaixo da axila. Em um reflexo, o homem apunhalado conseguiu acertar a face esquerda de Seán com um golpe fraco antes de morrer.

Então, Seán recolheu a espada do inimigo caído e gritou:

— Anrath, aqui!

Anrath virou-se e agarrou no ar a espada jogada para ele. Sethor, enfim, pôde também sacar sua lâmina. De fôlego renovado, a luta continuou com ferocidade ainda maior. O capataz de Ultan exibia uma destreza impressionante nos movimentos. Não havia dúvidas de que participara de muitas batalhas. Anrath, esgotado após quase servir de jantar ao Saltador d'Água, não demonstrava sua superioridade habitual.

O retinir de espadas espantou o silêncio da charneca. Seán assistia pela primeira vez um embate dessa magnitude. O duelo vigoroso, como aqueles das baladas sobre heróis míticos que tanto amava, o distraía do fato de ter matado um homem com as próprias mãos pela primeira vez. Mesmo tendo consciência do estado debilitado em que Anrath se encontrava, via nele a velocidade de Caílte, a força de Amergin e a grandeza de Cúchulainn.

— Maldito! Você veio do inferno! — Sethor esbravejou e cuspiu. Começava a perder a razão.

O coração de Seán disparou ao perceber que o desfecho da luta se aproximava. E assistiu estupefato Anrath desviar de um golpe que teria decapitado qualquer homem comum, girar o corpo e atingir a cabeça de Sethor com o lado da espada.

XXI
Águia de Sangue

Com a força do golpe, Sethor tombou inconsciente e tudo foi escuridão. Demorou algum tempo para que recobrasse os sentidos. Quando acordou, dia já alto, o principal assecla de Ultan viu-se amarrado de bruços sobre uma pedra. Ele virou a cabeça para os dois lados, procurando pelo Cão Negro. Encontrou-o parado como um gigante à sua espera.

Anrath, então, agarrou-o pelos cabelos e disse:

— Falando em métodos vikings, eu também conheço um que com certeza irá agradá-lo. Você já ouviu falar da *Águia de Sangue*?

— Maldito desgraçado! Covarde! — grunhiu o prisioneiro.

— Covarde? Você me amarra no covil de um monstro e sequer fica para ver o espetáculo, e eu sou o covarde?

— A *Águia de Sangue* não é um fim digno. Não mereço morrer assim!

— Ninguém escolhe o próprio fim. Seán, pode...

— Não! Não, por favor! — Sethor gritou entre soluços.

— Enquanto você dormia, ensinei ao garoto aqui como fazer, não se preocupe. Quero ficar olhando para a sua cara. Pode começar a cortar, Seán — disse Anrath, impassível, ao soltar a cabeça de Sethor.

O jovem se aproximou relutante e rasgou as vestes do capataz. Após um aceno de Anrath, Seán cravou sua faca nas costas de Sethor, logo abaixo da omoplata. O prisioneiro gritou, alucinado.

— Puxe a faca para baixo até romper a primeira costela... — explicou o mercenário sem alterar a voz.

— Pare! Pare com isso pelo amor de Deus! — Sethor implorou, sendo atendido sem hesitação pelo jovem.

— Deus? Não foi para agradar a Deus que vocês queimaram aquelas pessoas? — Anrath questionou. — Por que eu teria piedade de você, se Deus não teve piedade delas?

— Foi o padre...

— O que disse?

— Lorcain, o padre! Ele teve a ideia. Nós capturamos Grainne e a obrigamos a espalhar o feitiço da praga. Depois, o padre achou melhor matá-la. Não é minha culpa, Lorcain planejou tudo.

— Mas foi você que "se divertiu" com ela, não foi?

Com dois golpes implacáveis, Anrath seccionou as costelas de Sethor em ambos os lados da espinha e as puxou para fora, expondo os pulmões do homem. Seán desviou o olhar, enquanto o capataz de Ultan agonizava de uma dor indescritível. Não demorou muito para que morresse.

XXII
Futuro

Restava Lorcain.

Entretanto, a paz parecia a cada dia mais distante no horizonte de Anrath. Entre o momento em que pisara em Thomond com o desejo de ver Grainne ardendo no peito, até o instante em que o corpo de Ultan caiu sem vida a seus pés, uma eternidade transcorrera. O que traria o amanhã com a morte do padre Lorcain?

Há muito vivia a vida de proscrito. Estava acostumado a ela. Porém, nunca havia matado pessoas da estatura de um chefe de clã ou um padre. Se antes já sofria com os efeitos de sua participação na Batalha de Clontarf, agora seria caçado, não tinha dúvidas. Além disso, outras divagações rondavam sua mente.

Sentir o aço da espada trespassar a carne de Sethor, Cormac, Neill, Brian e Ultan lhe trouxera satisfação momentânea. Queria mais. Em seu âmago, celebrou cada uma daquelas mortes. Matara muitos homens em toda sua vida. Porém, para ele a morte sempre fora uma consequência das batalhas, não um fim. Nunca antes desejara matar como agora. Seria esse o seu destino? Tornar-se mais uma besta sedenta de sangue em um mundo já tão cheio de desgraças.

O sangue pode ser inebriante como a cerveja e o hidromel. E um homem pode se tornar seu escravo. O sangue de Lorcain saciaria sua sede? Traria algum bálsamo para seu tormento? Mesmo que encontrasse a resposta agora, ela não alteraria seu objetivo. Mataria Lorcain ou morreria tentando.

— Está pensando em amanhã? — perguntou Seán, quebrando o silêncio e as digressões de Anrath.

— Ao nascer do dia, vamos para a casa de Grainne. Depois, partimos para Uaithne.

— Não foi isso que quis dizer. Refiro-me a Lorcain. Resta apenas ele. Você já conseguiu fazer o mais difícil, matar Ultan. E depois?

Anrath olhou para as estrelas, pensativo.

— Talvez volte para Ulaid. O rei Niall mac Eochada é ambicioso. Ele irá atacar Dublin outra vez mais cedo ou mais tarde. Trabalho nunca falta.

Seán calou-se por um instante, ponderando sobre o ofício lúgubre do companheiro.

— Anrath, quantos homens você já matou?

— Ora, não sei. Não sou do tipo que faz as contas para se gabar. Não tenho orgulho do que faço. É tão só um modo de viver.

— Sabe, Neill foi o primeiro homem que matei. Tentei não pensar muito nisso quando aconteceu, mas ele não saiu de minha cabeça. Hoje, ao matar aqueles guardas de Ultan, tudo pareceu tão... fácil! Sequer lembro-me do rosto deles. E não gostei nada disso.

— Sim, fica mais fácil a cada morte. Muitos homens encaram esse fato como algo bom.

— Não eu.

— Lamento, Seán.

— Não lamente, essa escolha foi minha. Você me avisou, lembra-se? Acontece que meus sonhos sobre a vida de fora da lei, sobre as batalhas, não passavam de ilusões. Depois de amanhã, nunca mais quero matar alguém.

— Eu gostaria de poder dizer o mesmo.

— Mas, por que não tenta? Você pode ser um homem livre. Ter uma mulher, criar animais.

— Sim, eu poderia construir uma vida. Até o dia em que alguém descobrir que aquele camponês é, ou era, o Cão Negro de Clontarf. Até o dia em que alguém quiser vingança, ou fazer fama, matando o grande traidor. Não se engane, Seán, não há outro caminho para mim. Viverei pela espada até o dia em que morrerei por ela.

XXIII
Anrath

O coração do mercenário encheu-se de lembranças ao entrar mais uma vez no pequeno casebre. Apesar do pouco tempo passado, o abandono se tornara evidente. Os ventos fortes nas Falésias de Moher haviam derrubado parte do telhado de palha, e muita poeira e capim se acumulava pelo chão. A casa estava vazia. Sem Grainne, o mundo inteiro se transformara em um lugar vazio.

Para o Cão Negro, o mundo sempre parecera hostil e impiedoso. Diziam os habitantes do vilarejo de pescadores em Connacht, onde cresceu, que um dia ele fora encontrado em um barco à deriva junto a um casal morto, talvez seus pais. Por isso o chamavam de Anrath mac Muir, "Filho do Mar". Um velho ferreiro o adotou, mais como ajudante do que como filho.

Tinha oito anos de idade na época em que os vikings saquearam o vilarejo. Ninguém correu para ajudá-lo. Ninguém lutou por ele. Quando se viu cercado por nórdicos, agarrou a espada de um morto e a empunhou contra os invasores. A bravura de menino cativou aqueles homens de fala gutural e barbas amarelas.

Gudrun, o líder do bando, resolveu levar a criança consigo. De menino, Anrath tornou-se homem nos navios de batalha, entre pilhagens e massa-cres. Por outro lado, nesse mesmo tempo conheceu o companheirismo e a amizade. Aproximou-se dos filhos de Gudrun, Ild Vuur, o futuro líder do bando, e a bela Vand, por quem se apaixonou.

Então veio Clontarf.

De um lado, os irlandeses comandados pelo Rei Supremo Brian Boru, do outro, os vikings liderados por Sigtrygg Silkbeard, do Reino de Dublin, e os re-beldes de Leinster. Earl Sigurd, das Ilhas Orkney, e Brodir, da Ilha de Man, também correram em auxí-lio de Sigtrygg. E, junto com Brodir, foi o bando de Ild Vuur.

Os dois exércitos se encontraram nos arredores de Dublin em uma Sexta-Feira Santa. Rancores e ri-validades de décadas também se encontraram ali. A luta começou pela manhã e, quando acabou ao raiar do dia, dez mil homens haviam encontrado a morte. Das poucas centenas de sobreviventes do lado nórdi-co, a maior parte fugiu para as muralhas de Dublin. Outros escaparam por terra ou mar.

Tamanha mortandade abalou o jovem Anrath, então com cerca de vinte anos. Mesmo que estives-se acostumado a matar nas incursões predatórias dos companheiros vikings, participar daquele banquete colossal para os corvos deixaria marcas para toda sua vida. Viu a morte de perto ao confrontar o lendá-rio Wolf *o Brigão*. Às vezes, ainda acorda no meio da noite ouvindo os gritos de Wolf, amaldiçoando-o depois de ser apunhalado na luta: *Cão Negro, maldito Cão Negro!*

Ao retornar para casa, decidiu renegar a violência e fugir com Vand. Entretanto, Ild Vuur, cego de ciúmes, pois amava a irmã em segredo, não permitiu. Quis o destino que Vand morresse pelas mãos do próprio irmão.

A partir daí, Anrath vagou por Erin como proscrito. Os únicos que não o miravam com desconfiança eram aqueles que ignoravam o seu passado e o pagavam com o intuito de tê-lo ao lado nas batalhas. Para o resto do povo, nórdico ou gaélico, representava uma aberração. Tinha os cabelos longos, mas não usava barba ou bigode, o que não gozava de boa aceitação entre os homens de Erin. Não selava ou colocava estribos no cavalo, como os gaélicos, mas usava esporas e botas de couro vikings. Vestia uma malha de metal, como os soldados do Grande Exército Pagão, e uma capa de peles de lobos, como os habitantes de Connacht. Vivia perdido entre dois mundos que o rejeitavam.

Sobraram batalhas nos anos que se seguiram. Deuses, ouro, raças, poder. Não falta aos homens pretexto para matar. Poderia já ter se tornado a besta sanguinária e gananciosa que tanto temia não fosse por um motivo. Grainne era o último resquício de humanidade que lhe restara. O último elo de uma corrente frágil. Agora, haviam lhe tirado Grainne, e a fera estava à solta. Conseguiria prendê-la outra vez?

Seán observava Anrath, parado ao lado da porta escancarada. Não conhecera a notória maga pessoalmente, contudo, podia ver pela expressão melancólica do guerreiro o quanto ela significava. Naquele instante, percebeu que nada de mau poderia ter vindo daquela mulher. Nada do que os supersticiosos e covardes diziam a respeito dela era verdade. O maior mal, ponderou o jovem, era a ignorância.

Sobre uma pedra ovalada e gravada com figuras em espiral, Anrath encontrou uma pequena vasilha que continha tinta azul, já ressecada. Grainne praticava a Velha Religião, pensou. Uma das últimas remanescentes da antiga sabedoria, que fora sufocada pela influência da cruz. Ele lhe devia uma homenagem final. Olhou para Seán, que estava guardando a entrada, e disse, quase murmurando:

— Deixe-me só por um instante.

De imediato, Seán obedeceu, e levou os cavalos para pastar.

Anrath pousou suas armas em cima da cama de palha e despiu-se. Colocando água na vasilha de tinta, fez com que ela pudesse ser usada novamente. Usando a mão direita, espalhou a tinta pelo corpo, recriando os desenhos da pedra ovalada. Logo depois, escureceu a tinta com pó de ferro e com esta desenhou um corvo em seu peito, o símbolo de Morrígan, a rainha-fantasma, a sombra da morte que em eras remotas sobrevoava os guerreiros durante violentas batalhas.

Terminada a pintura, o mercenário vestiu parte dos trajes, deixando de lado a malha de metal e a capa, e saiu do casebre. Seán fitou-o surpreso e assustado. Sem dizer uma palavra, os dois homens montaram os cavalos e partiram para Uaithne.

XXIV
Uaithne

Ao cair da tarde, os viajantes chegaram às colinas verdejantes que envolvem Uaithne. Os restos queimados do homem de palha ainda estavam no mesmo lugar. A chuva fina que os acompanhara durante toda a viagem se tornava mais forte. Não muito distante dali, o vilarejo jazia silencioso, e as primeiras fogueiras noturnas já podiam ser vistas através das janelas. A tranquilidade aparente do lugar era quase tangível.

— Durante os anos em que vivi como pirata ao lado dos nórdicos, meus companheiros diriam que uma calmaria como essa é prenúncio de tempestade. — Anrath comentou em voz baixa.

— Você tem ideia de como pretende agir? — questionou Seán.

— Primeiro eu quero que você converse com aquela mulher de quem me falou. Depois, eu pensarei em alguma coisa.

— Irei até ela, então...

— Vamos ver se você é tão sorrateiro como se gaba.

— Discreto como uma sombra na noite! Ninguém além de Ciara me verá naquele povoado. Não se preocupe.

Ciara era uma jovem prostituta do vilarejo de Uaithne e Seán a conhecia como ninguém. Não havia pessoa tão indicada quanto ela para se obter informações acerca do que acontecia na região. Seán desmontou e desceu a colina. Logo, desapareceu no matagal, escondido pelas sombras do anoitecer. O companheiro de Anrath se esgueiraria por entre as casas até o casebre onde a bela mulher residia.

Anrath também apeou e sentou-se na relva. Seus olhos não deixavam a mancha negra no solo onde o homem de palha ardera. Aquela visão provocava uma dor intensa em seu peito. Mal podia pensar no sofrimento pelo qual Grainne passara. Uma agonia inimaginável, e que ele não pôde impedir.

As divagações sombrias do mercenário foram interrompidas por uma movimentação furtiva à sua frente. Seán retornava. O jovem subiu a colina e foi logo falando, com as palavras entrecortadas pela respiração ofegante:

— Conversei com Ciara, as coisas não são nada boas...

— Continue.

— Ela disse que o padre Lorcain está bem protegido. Encontraram os corpos de Sethor e dos outros. O povoado inteiro ficou em alerta, com medo de um ataque do clã de Loingsigh. Para piorar, mandaram um mensageiro até Ultan, que encontrou a carnificina de ontem. Ele voltou o mais rápido que pôde e, há pouco, mandaram buscar o irmão de Ultan, que agora é o chefe do clã. Dermat mac Calahane está vindo para cá com soldados.

— Quantos homens estão lá neste momento?

— Talvez uns trinta. O que nós iremos fazer?

— Irei sozinho desta vez, Seán.

Uma expressão de surpresa tomou o rosto do jovem. Estava preparado para enfrentar mais este desafio ao lado do mercenário, mesmo que isso significasse o seu fim. Embora tivesse pago sua dívida com Anrath, sentia um dever de lealdade para com ele.

— Não posso permitir que você morra aqui — Anrath continuou. — Agradeço toda a ajuda que me deu, Seán. Sou eu quem tem uma dívida agora. Por isso, quero que volte para casa.

— Mas, são muitos soldados! Você pode morrer!

— Talvez eu já esteja morto.

Seán não compreendeu o significado daquelas palavras. Depois do que testemunhara na taverna de Aradh, onde Anrath derrotara sozinho Ultan e mais oito homens, sabia que o mercenário era capaz de enfrentar um número muito superior de oponentes e triunfar. Não podia conceber que ele cogitasse morrer no enfrentamento vindouro. Ignorando a resposta de Anrath, e mostrando consternação quanto ao futuro do amigo, Seán falou:

— Acho melhor você deixar Erin por algum tempo. Atravesse o mar, vá para a Inglaterra. Ouvi dizer que vários conflitos estão acontecendo por lá. Você teria trabalho suficiente...

Anrath parecia não dar muita atenção e apenas acenou positivamente com a cabeça. Enquanto o mercenário tinha o olhar fixado nos resquícios enegrecidos do homem de palha, o jovem ladrão continuou:

— Bem, acho que só resta dizer adeus e... Anrath, obrigado por ter me salvado da fogueira.

O mercenário colocou-se de pé e ajeitou o cinturão.

— Volte para o seu pai, Seán. Ele precisa de você. Tente ficar longe de encrencas.

Com um breve aceno, Anrath despediu-se de Seán. Saiu andando na direção de Uaithne sem olhar para trás.

Seán o observou até que desaparecesse do outro lado da colina. Em sua cabeça, já criara um fim para aquela história, e estava satisfeito com o que imaginara. Não desejava saber o que aconteceria de verdade. Então, deu a volta no cavalo e partiu.

XXV
Lorcain

Ao longo de sua vida, poucas vezes Lorcain não conseguira compreender os desígnios de Deus. Sentindo-se um prisioneiro entre as paredes da igreja de Uaithne, o padre encheu-se de dúvidas pela primeira vez em muitos anos.

Podia justificar todas as suas ações, mesmo as mais controversas. Fora ele quem sugerira a Ultan usar os conhecimentos da bruxa na guerra contra Loingsigh. Sabia do que ela era capaz. Precisavam vencer a luta a qualquer custo para que Ultan garantisse a soberania sobre os clãs de Thomond. Depois disso, ele poderia vir a ser rei de Munster. Com Ultan reinando em Munster, o caminho para tornar-se bispo estaria livre. Lorcain chegou a pensar que a ajuda da bruxa a um rei cristão poderia também redimi-la aos olhos de Deus. Seria como derrubar dois pássaros com uma pedra.

A parte mais importante do plano teve o desfecho esperado. Ultan sobrepujou Loingsigh, pôs em dívida centenas de camponeses livres e não os transformou em escravos, aumentando assim sua popularidade. E ainda trouxe os clãs de Aradh para seu lado.

Tudo parecia correr bem. Ultan tinha poder, o povo estava satisfeito e a bruxa havia sido purificada pelo fogo. Do nada, surgiu o horror. Os cadáveres mutilados de quatro dos principais homens de Ultan foram encontrados. Depois, o mensageiro que mandara em busca do Senhor de Uaithne retornou com a história de um demônio da vingança. De um homem que matara sozinho o líder de um clã e quase toda sua escolta.

Lorcain estremeceu ao ouvir o relato do mensageiro. O assassino teria dito que buscava vingança pela morte de Grainne, e também teria jogado as cabeças de Sethor, Cormac, Brian e Neill aos pés de Ultan. Os quatro homens cujos corpos haviam sido encontrados. Os homens que, por duas vezes, arrancaram a bruxa de sua casa.

Não precisou de muito raciocínio para que Lorcain percebesse que seria a próxima presa, embora a maioria em Uaithne continuasse a acreditar que se tratava de uma ameaça do clã de Loingsigh.

O que fizera de errado? Ajudara Ultan a conquistar Thomond. Punira e redimira a bruxa. Por que Deus colocara um cão do inferno em seu encalço? O motivo talvez fosse o homem de palha. Estava certo de que não deveria ter permitido o uso daquele símbolo pagão. Além dessa heresia, a construção do gigante de madeira também despertara a vaidade de Ultan. Mesmo assim, seriam esses pecados tão graves frente a tudo o que conseguiram em nome de Cristo?

Agora, estava trancado dentro da própria igreja, sendo protegido por soldados. Pensara em fugir para o encontro de Dermat mac Calahane, o *tánaiste*[5] do clã. Porém, não achou que essa fosse uma atitude digna. E, afinal, Dermat já deveria ter tomado o rumo de Uaithne naquele momento.

A iminência da chegada de Dermat não o tranquilizava. Como um rato acuado, ajoelhou-se pedindo proteção. A chuva e a luz amarelada das velas aumentavam sua angústia. Precisava respirar. Levantou-se e foi até a porta. Deslocou a tranca de madeira e espiou pela fresta. Viu uma movimentação de soldados. Reconheceu Conn, que se aproximou e disse em voz baixa:

— Fique trancado aí, padre. Alguma coisa está acontecendo.

XXVI
A igreja

Anrath parou diante da via principal de Uaithne. Dali podia ver o teto da igreja ao lado da torre circular. Por causa da noite chuvosa e do medo de um ataque, todos permaneciam dentro de casa. Os únicos a estar na rua eram os homens encarregados de guardar Lorcain. Um deles enxergou o forasteiro e correu, talvez para avisar os outros.

---

[5] Título dado ao herdeiro presuntivo, ou segundo em comando, dos clãs irlandeses.

Desembainhou a espada e a cravou no solo. Em seguida, desafivelou o cinturão e tirou a túnica. Por fim, foi a vez de tirar as botas de pele. Coberto apenas pelas pinturas circulares azuis e pelo desenho do corvo negro, Anrath empunhou a espada outra vez. Lutaria nu como os guerreiros lendários de outrora, que assim o faziam para atrair a atenção e proteção da Deusa.

Percorreu a rua lamacenta com passos calmos, mas decididos. Notou que alguns aldeões assustados o observavam por frestas nas portas e janelas. Parte da tinta começava a se dissolver, deixando seu corpo com uma coloração azulada. Tornara-se uma visão para encher de medo os homens mais corajosos.

Ao fim da rua, erguia-se a igreja de Uaithne. Era um prédio cinzento, já velho, construído com pedras de micaxisto. Tinha o formato quadrado, como qualquer outra igreja, ao contrário do padrão arredondado comum às construções em Erin. Característica essa que sempre provocou certo estranhamento em Anrath.

Contornando a igreja, uma guarnição composta por vinte e sete homens. Eles haviam se reunido para esperá-lo. Portavam espadas, escudos e lanças curtas. Anrath observou os rostos dos inimigos um a um. Expressões atônitas estampavam a face da maioria. Era como se encarassem um demônio. Poucos pareciam seguros de si. Nenhum estava preparado para morrer. Por um instante, Anrath teve pena deles. Se ao menos não estivessem no seu caminho...

— Não tenho nada contra vocês. Quero o padre — falou aos soldados.

Um deles tomou a frente do grupo. Anrath o reconheceu, era um dos companheiros de Brógan naquela tarde em que resgatara Seán.

— Quem é você, forasteiro? — Conn perguntou.

— Vingança.

A expressão de Conn mostrou sinais de perplexidade. Era provável que não soubesse como agir. O temor, pelo menos, se fazia aparente.

— Vá embora daqui! — continuou. — Não temos tempo para tratar com loucos! Estamos reunindo todos os homens do clã. Dermat mac Calahane está vindo para cá. Vá embora daqui ou vamos enxotá-lo!

Anrath agachou-se. Pousou o joelho esquerdo no chão e cravou a espada no solo à sua frente.

— Qual de vocês vai ter coragem de me expulsar de Uaithne?

Conn esfregou o rosto, removendo o excesso de água. Sinalizou para que mais homens se aproximassem. Todos atenderam ao chamado. A manobra não afetou Anrath, que permaneceu imóvel. Os soldados sussurraram uns aos outros, decidindo o que fazer. Conn encarou Anrath e gritou:

— Matem-no!

Os primeiros a alcançar Anrath foram os primeiros a morrer. O mercenário arrancou a espada do solo e desferiu dois golpes. Dois homens tombaram a seus pés. Os demais recuaram e se posicionaram de modo a formar um círculo em torno do guerreiro.

Corpos tensos, respirações ofegantes. Anrath podia farejar o medo desses homens. Não o medo natural, oriundo do instinto de autopreservação, mas o medo irracional, que transtorna e leva à morte quem o sente. Manter a calma em um combate é a única forma de se manter vivo.

Os soldados que empunhavam lanças atacaram, mas foram rechaçados. Ninguém ousava se aproximar. Uma lança foi atirada contra Anrath, que desviou com facilidade. O homem que a jogara ficou então armado apenas com o escudo. O mercenário aproveitou a oportunidade. Agarrou a lança com a mão esquerda e investiu contra o mesmo soldado que a descartara, derrubando-o, rompendo assim o círculo.

Vários soldados avançaram ao mesmo tempo, e mais sangue foi derramado. Anrath defendia-se com a lança e golpeava com a espada. Não importavam as armas e os escudos dos adversários. Anrath conseguia, como que por mágica, encontrar uma brecha na defesa do inimigo. Gargantas cortadas jorraram sangue, membros decepados deixaram homens em agonia, debatendo-se na lama.

Em meio a tanta aflição, a luta transformou-se em um massacre. Anrath chegou a ser ferido algumas vezes, pequenos cortes e arranhões que não representavam perigo imediato. O mercenário, sem adversários à sua altura, ceifou vidas tomado por um frenesi sangrento, até que restaram apenas cinco soldados de pé.

Conn, tomado por um ímpeto súbito de bravura, como às vezes acontece com os guerreiros na excitação do combate, ordenou que os companheiros se afastassem. Eles obedeceram de imediato, e abriram caminho para o duelo.

Anrath fez os primeiros movimentos e desferiu estocadas rápidas com a lança. Conn defendeu os golpes com o escudo, mas não encontrou uma abertura para contra-atacar. Acuado na defesa, restou a ele segurar o escudo com força, usando inclusive a mão que segurava a espada como apoio.

A série de golpes rápidos empurrou Conn para a porta da igreja. Encurralado, ele caiu de joelhos. Anrath ergueu a espada e colocou toda sua força no ataque. A intensidade do impacto despedaçou o escudo de madeira e couro usado por Conn, que tentou um último avanço desesperado. Anrath esquivou-se e enterrou a lança no pescoço do soldado. Ao puxá-la de volta, foi banhado por um esguicho de sangue quente, e o corpo de Conn caiu inerte sobre os pequenos degraus na porta da igreja.

Então, os quatro últimos sobreviventes retrocederam. Deram a volta e correram para longe da carnificina. Um deles até mesmo abandonou espada e escudo pelo caminho.

Anrath respirou fundo e observou a multidão de cadáveres que tingia a lama de vermelho. Empurrou o corpo de Conn para o lado e não havia mais nada entre ele e a igreja de Uaithne.

Como se estivesse possuído pela força mitológica de Cúchulainn, chutou a porta de madeira pesada, que se escancarou à sua frente. O vento apagou algumas das velas, mergulhando o interior da igreja na penumbra. O padre Lorcain estava de costas para a porta, ajoelhado diante do altar. Ele se levantou, o corpo a tremer.

Anrath deu os primeiros passos dentro da igreja. Estava transformado em uma mistura de lama, sangue, suor e tinta. O padre, enfim, virou-se para encará-lo.

— Como você ousa entrar assim na casa de Deus? — questionou Lorcain, dedo em riste para tentar disfarçar o temor.

— Não desejo desrespeitar nenhum deus. Mas, se não sou digno de entrar aqui, você tampouco o é. Somos dois assassinos.

— Não tenho sangue em minhas mãos.

— E os pobres coitados que foram queimados vivos? E Grainne?

— A bruxa? Você não entende? Ela tinha que morrer daquela forma! Aquela mulher era uma lembrança de nosso passado pagão vergonhoso, e, mesmo assim, eu a redimi dos pecados. Ela representava a escuridão que reinava nessa terra antes da chegada da luz de Cristo!

— Não! Vocês é que escureceram Erin sob a sombra da cruz.

Anrath se aproximou. O padre, no entanto, permaneceu petrificado. Não havia para onde fugir. Restava argumentar.

— Você é o homem que matou Ultan. Não está satisfeito? Todos esses homens que você matou não foram suficientes? Vinte, trinta vidas por uma!

— Eu trocaria a maior parte delas pela sua. Mas, eles estavam no meu caminho.

Lorcain deu alguns passos para trás e acabou tropeçando. O homem tombou, levando consigo o crucifixo e o cálice que estavam sobre o altar. Ele não tentou colocá-los de volta em seu lugar de origem. Continuou no chão e começou a rastejar como um animal ferido.

Anrath largou a espada, agarrou o padre pelas vestes e olhou nos olhos dele.

— Matei muitos guerreiros para chegar até aqui. Alguns deles tiveram medo, outros eram fracos, mas nenhum rastejou como você! Eu ia matá-lo como os matei. Mas agora vejo que minha lâmina não merece ficar suja com o seu sangue. Você vai ter o mesmo fim de Grainne.

— Tem ideia do que está fazendo? Vai matar um padre?

— Você está morto desde que colocou Grainne naquela fogueira, apenas não sabia ainda.

O mercenário rasgou parte da toalha de tecido grosso que cobria o altar de madeira e amarrou Lorcain com as tiras. Em seguida, pegou um dos castiçais e ateou fogo às tapeçarias que decoravam o altar com cenas do evangelho. Por fim, encostou a chama da vela no que restava da toalha.

— Não! Pare com isso, é loucura! — Lorcain implorou ao ver o fogo se aproximar.

— Que o seu Deus o perdoe, padre. Pois eu não vou perdoar.

As labaredas se espalharam dos tecidos para o madeiramento que sustentava o teto de vime e palha. O calor dentro da igreja tornou-se insuportável.

— Não me deixe aqui! Por favor!

Com os gritos de Lorcain ecoando nos ouvidos, Anrath recolheu a espada do chão e abandonou a igreja de Uaithne. Antes de deixar o vilarejo, olhou para trás. O prédio ardia, consumido pelas chamas. Logo, apenas as paredes de pedra restariam. Abaixou a cabeça e caminhou sem rumo debaixo da chuva que ainda caía.